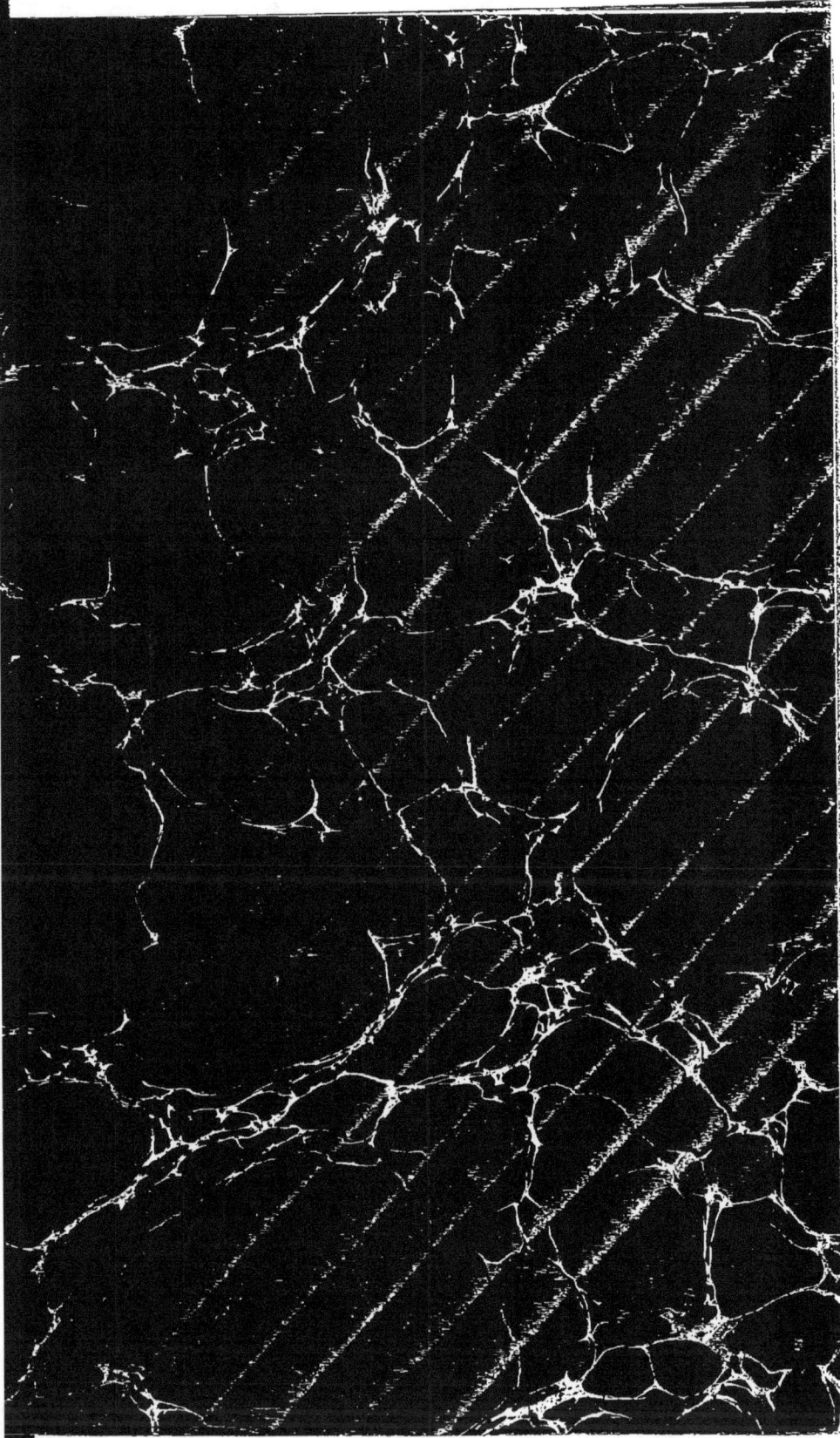

LES LARMES DE JEANNE

ARSÈNE HOUSSAYE

LES GRANDES DAMES

12e édition. — 1 vol. grand in-8, illustré, 15 fr.

LE DIX-HUITIÈME SIÈCLE

La Régence. — Louis XV. — Louis XVI. — La Révolution.

Édition de bibliothèque en 4 vol. in-18, 3 fr. 5o le vol.

POÉSIES COMPLÈTES

1 vol. elzévirien, eaux-fortes, 7 fr. 5o.

HISTOIRE D'UNE FILLE DU MONDE

Un beau vol. in-8 avec cinq portraits, par HENRY DE MONTAUT, 5 fr.

LES MILLE ET UNE NUITS PARISIENNES

4 vol. in-8 avec 24 portraits des demi-mondaines et des extra-mondaines, par HENRY DE MONTAUT. Prix, 20 fr.

HISTOIRE DE LÉONARD DE VINCI

1 vol. in-8, 7 fr. 5o.

HISTOIRE DU 41e FAUTEUIL DE L'ACADÉMIE

1 vol. in-18, 3 fr. 5o.

DES DESTINÉES DE L'AME

1 vol. in-8, 7 fr. 5o.

HISTOIRE DE Mlle DE LA VALLIÈRE

1 vol. in-8, 7 fr. 5o.

IMPRIMERIE ELZÉVIRIENNE D. BARDIN, A SAINT-GERMAIN

ARSÈNE HOUSSAYE

LES LARMES

DE

JEANNE

Histoire parisienne

PARIS

E. DENTU, LIBRAIRE-ÉDITEUR

PALAIS-ROYAL, 15-17-19, GALERIE D'ORLÉANS

A OCTAVE FEUILLET

SON AMI

ARSÈNE HOUSSAYE

LES LARMES DE JEANNE

I

PROFIL ET TROIS QUARTS

O N parlait beaucoup, dans le meilleur monde, de la beauté altière et souveraine de cette jeune fille qui portait un grand nom : Mlle Jeanne d'Armaillac.

Les jeunes gens à marier disaient qu'elle prenait des airs trop superbes pour une jeune fille qui n'avait pas de dot, comme si l'argent dût donner la fierté.

Mlle d'Armaillac avait bien raison de ne pas ployer le genou devant la richesse. Elle était plus heureuse de son nom qu'elle ne l'eût été d'une vraie fortune. Et puis pouvait-elle se plaindre de sa destinée en se voyant la plus belle entre toutes?

Elle entendait bien dire çà et là qu'on ne prenait une jeune fille que pour son argent, mais elle croyait, dans l'ingénuité de son cœur, qu'on calomniait les hommes.

— N'est-ce pas qu'elle est belle? me dit un soir un de mes amis, en la voyant passer aux Champs-Élysées dans le landau de Mme de Tramon.

— Oui, répondis-je avec un sentiment d'admiration, ce n'est pas une beauté, c'est la beauté. Sans compter qu'elle a aussi la beauté du diable dans ses cartes.

— Être souverainement belle, c'est la marque divine par excellence, puisque la beauté est une vertu primordiale qui domine toutes les autres. Qui dit la beauté du corps, dit la beauté de l'âme. La beauté visible montre la beauté invisible. L'âme qui est la lumière peut faillir et tomber de chute en chute, jusque dans les profondeurs les plus nocturnes; elle peut hanter le vice, elle peut se souiller à tous les péchés; mais dans une heure d'amour ou de repentir, vous la verrez soudainement reprendre l'auréole des virginités. Dieu, qui se complaît dans son œuvre, n'a pas voulu que la forme pétrie par sa main soit un masque trompeur. Dieu ne joue pas aux surprises; là où l'âme est belle, il l'a presque toujours revêtue d'un corps divin.

— Corps divin, âme divine, c'est à ce chef-d'œuvre surtout que l'esprit du mal s'est attaqué. Si la beauté succombe souvent, c'est qu'elle est sans cesse en combat, c'est qu'à toute heure elle est battue en brèche, c'est que tout le monde veut en avoir sa part et porter son drapeau. Lucrèce, seule, s'est affranchie par un coup de poignard. Mais Hélène, Aspasie, Cléopâtre, Impéria, Diane de Poitiers, Ninon de Lenclos, Mme de Pompadour, — je ne montre que le dessous du panier, — ont subi la destinée fatale de la beauté. Mlle de la Val-lière, comme la Madeleine divinisée, a lavé dans les larmes le doux crime d'avoir aimé.

Mon ami me dit que Mlle Jeanne d'Armaillac devait aller le surlendemain au bal de la duchesse « au grain de beauté. »

— Nous serons de la fête, si vous voulez.

— Oui, mais j'espère bien que vous ne dresse-rez pas vos batteries contre cette merveilleuse créature.

— Pas si bête, ce serait la mettre sur ses gardes. Et d'ailleurs j'ai perdu l'occasion, — mais je serai vengé — et sans rien faire pour cela. Vous con-naissez bien mon système: les femmes vont toutes seules à leur perte; il ne faut pas les y conduire, car elles seraient capables de rebrousser chemin par esprit de contradiction.

Mon ami devint mélancolique.

—Ah! l'an passé, dit-il, je l'ai vue à Trouville, mais j'ai été trop bon diable! J'ai mal joué mon jeu! C'est un caractère, cette fille. Au bout de quelques jours de coquetterie elle m'a mis à la porte de l'église. Contre la résistance d'une emme il n'y a pas de force — si elle n'aime pas. — Et Jeanne d'Armaillac ne m'aimait pas. — Elle a mieux fait que de mettre Dieu entre elle et moi, elle a mis sa fierté. La fierté d'une femme, si elle n'aime pas, est une montagne inaccessible.

— Et pourquoi ne vous aimait-elle pas? N'avez-vous donc pas le pouvoir de vous faire aimer?

— Non, en amour je n'enfonce que les portes ouvertes. Je n'ai pas la vertu de tuer la vertu. Je ne triomphe que des femmes qui ne se défendent pas. Mais j'ai de rudes revanches. Voulez-vous savoir comment finira Mlle Jeanne d'Armaillac?

— Oui.

— Eh bien, venez avec moi chez la duchesse.

— Allons-y.

Je connaissais depuis longtemps la duchesse, une de ces personnes qui règnent et gouvernent chez elles, parce que leur mari a « des établissements dans l'Inde, » c'est-à-dire dans les parages de l'Opéra. On parlait tout bas de ses deux amants, mais on la disait calomniée, d'ailleurs l'un était mort et elle venait d'exiler le second.

Elle fut d'autant plus charmante pour moi que je n'allais chez elle que de loin en loin. Quand on n'a rien à se dire de par le cœur il ne faut pas se voir souvent. Un homme d'esprit voyage dans un salon, il n'y demeure pas. La duchesse, me parlant un jour d'un de ses habitués, le cloua par ce mot charmant : « Je ne sais qui m'empêche de lui faire faire un cadre et de l'accrocher dans l'antichambre. »

Ce soir-là, comme je lui parlais de sa beauté, elle me dit :

— Vous allez voir apparaître la beauté des beautés : Mlle Jeanne d'Armaillac ! Et quand je pense que je ne peux pas lui trouver un mari ! Le moraliste aurait bien plus raison aujourd'hui s'il disait encore : « Pauvreté n'est pas vice : c'est bien pis. »

Il y a de par le monde une multitude de jeunes filles qui ont tout ce qu'il faut pour faire le bon-

heur des hommes, mais les hommes ne veulent
pas de ce bonheur-là quand il n'y a pas d'argent.
La France est le dernier des pays au point de vue
du mariage; c'est surtout en France qu'un moraliste a pu dire: « Il n'y a pas de bonheur sans
chiffres. » Dans les autres nations l'homme ne
s'inquiète pas du lendemain; pour lui l'amour
est de l'argent comptant, la dot c'est la beauté,
c'est le cœur, c'est l'esprit mais en France on a
peur du lendemain comme d'un créancier; on ne
songe pas à capitaliser son bonheur, mais on
songe à capitaliser ses revenus. On s'arrange dans
sa vie comme dans une forteresse qu'on ne veut
pas laisser prendre par la misère. On a si peur
de la mauvaise fortune qu'on ne laisse pas de
place à la bonne fortune; l'argent fait faire plus
de lâcheté que l'amour lui-même. Et pourtant
un poëte de l'anthologie a dit: « C'est le plus
brave, mais c'est le plus lâche des dieux. »

Mˡˡᵉ Jeanne d'Armaillac devait subir le contre-
coup de cette vérité: elle était belle, elle avait de
l'esprit, elle portait un grand nom, elle possédait
toutes les grâces de la femme, mais elle était
pauvre.

Quand je dis qu'elle était pauvre, cela veut dire
que sa mère comptait à peine douze mille livres

de rente, de quoi se cacher à Paris. La mère se montrait et faisait des dettes ; toutefois on ne menait pas grand train dans la maison depuis la mort du père : un appartement de 2,400 francs, une table mal servie, une couturière de troisième ordre, voilà quelles étaient les folies de Mme d'Armaillac. Mais le chapitre des gants et des bottines, mais le chapitre des chapeaux et du blanchissage ! Pourtant à force d'économie on ne faisait guère que 3,000 francs de dettes par an.

Comment doter Mlle Jeanne d'Armaillac en faisant des dettes ? La mère parlait d'un vieille tante qui avait un vieux château, mais on savait déjà que le vieux château et la vieille tante passeraient à Dieu par les églises. Comment faire ? Après tout, puisqu'on a vu des rois épouser des bergères, pourquoi ne verrait-on pas un prince épouser une d'Armaillac ?

Quand Mlle d'Armaillac fit son entrée chez la duchesse, ce fut un éblouissement ; la beauté est comme le soleil, elle rayonne, surtout quand elle apparaît dans toutes les luxuriances de la jeunesse.

On annonça Mme et Mlle d'Armaillac. Quoique la mère fût en avant, on ne la voyait pas, on n'avait d'yeux que pour la fille. Tout un cercle s'é-

tait formé. Une curieuse qui avait été jolie, qui
était charmante encore, s'avoua vaincue par ce
cri involontaire : « Elle est trop belle. »

Mlle d'Armaillac passa victorieuse avec la majestueuse indolence d'une déesse de l'Olympe,
qui eût entraîné cent mille adorations. Elle portait dans sa physionomie cette froideur irritante,
qui n'est que le masque des grandes passions.

Quoique Mlle d'Armaillac fût originaire du
Midi, c'était une femme du Nord par je ne sais
quelle gravité méditative ; la rêverie avait hanté
son beau front. Mais c'était une blonde du Midi
plutôt qu'une blonde du Nord ; ses cheveux
avaient bien plus le rayonnement vénitien que les
pâleurs anglaises. Ses yeux noirs d'ailleurs avaient
tout l'accent méridional, quoiqu'elle les voilât
par une expression de dédain. C'était le volcan
caché sous la neige. Certes, il n'y avait pas ce
soir-là dans les salons de la duchesse une plus
altière dédaigneuse ; il semblait qu'elle fût pétrie
d'une autre pâte que les femmes d'à côté, non
pas qu'elle fût vaine de sa beauté, mais, ainsi que
ces spectateurs qui s'ennuient au théâtre, elle ne
daignait s'amuser au spectacle du monde.

C'est parce que jusque-là son cœur était resté
fermé à triple verrou.

Pour la plupart des femmes, être belle ce n'est rien, si on n'est aimée : être aimée ce n'est rien, si on n'aime pas. Je ne parle pas ici des Célimènes, celles-là ne sont belles que pour se regarder, celles-là n'ont des lèvres que pour baiser leur éventail.

Je ne peins Jeanne que de profil et de trois quarts : quel peintre oserait peindre une femme de face ?

II

UNE VALSE INFERNALE

Mme et Mlle d'Armaillac avaient été conduites par le duc de *** dans le salon où on dansait. Il n'y avait plus une seule place à prendre, mais la beauté fait des miracles : deux femmes laides se levèrent et disparurent comme si elles avaient eu peur d'être en trop grande lumière à côté de la jeune fille. De toute part on se disait : Quelle est donc cette nouvelle venue ? On la connaissait à peine parce qu'elle n'aimait pas le monde et qu'elle s'obstinait contre toutes les fêtes, savourant le coin du feu avec un roman d'un côté et un piano de l'autre, deux amis qu'on prend ou qu'on repousse selon la fantaisie du moment. On répondait çà et là aux curieuses qu'elle s'appelait Jeanne d'Armaillac.

— Il est bien heureux qu'elle soit belle, dit une de ses voisines, car sa mère est sans le sou.

— Ma foi, dit une autre, la beauté c'est de l'argent comptant; la donneriez-vous à votre fils ?

— Non, mon fils n'est pas assez riche pour épouser une femme sans dot.

Celle qui parlait ainsi ne donnait à son fils que 100,000 francs de rentes, aussi était-il à la chasse de quelques millions. Depuis que tous les hommes mariés ont des maîtresses, que leur importe la beauté de leur femme ?

Vingt danseurs s'étaient précipités pour promener dans les quadrilles cette beauté incomparable. Ils avaient le sourire sur les lèvres comme l'enfant qui va cueillir un fruit de pourpre ou d'or; mais Mlle d'Armaillac leur répondait un — Je ne danse pas — avec un dédain si superbe qu'ils se retournaient soudainement avec le sourire en moins.

Jeanne causait avec sa mère, sans même paraître se douter qu'on dansât devant elle.

— Tu es étrange, ma chère Jeanne, lui dit la comtesse d'Armaillac, on dirait que tu n'es pas de ce monde.

— Qui sait? répondit Jeanne d'un air rêveur. Tu serais donc bien fière, reprit-elle en s'animant, de me voir faire des grâces au milieu de ces quadrilles. Regarde-moi toutes ces demoiselles, c'est la foire des filles à marier. Doit-on dire des bêtises là dedans!

— Je n'en doute pas, mais, vois-tu, ma chère, j'ai eu aussi mes quarts d'heure d'excentricité quand j'étais jeune...

Jeanne interrompit sa mère.

— Mais tu es encore plus jeune que moi.

— Peut-être. Je voulais te dire que dans le monde, il faut faire comme tout le monde. Il ne faut pas que l'orgueil nous aveugle jusqu'à nous jeter à travers champs par horreur de la grand'-route.

— Eh bien, maman, si on me demande à valser, je valserai. Tu sais que la danse n'est pas ce que j'aime.

— Valser, valser, dit la mère en se rembrunissant, c'est bon pour les femmes mal mariées. Or, un peu plus tôt, un peu plus tard, je te réponds que tu seras bien mariée parce que j'y mettrai la main.

— Avec cela que tu as la main heureuse; tu devais me gagner ma dot dans une obligation de la Ville de Paris, tu n'as rien gagné du tout.

— Il faut dire qu'il ne s'en est fallu que d'un numéro.

— Vois-tu, ce sera mon histoire; au lieu de prendre un mari qui m'apportera toutes les joies du mariage, j'en prendrai un à côté qui ne m'apportera rien du tout.

Le quadrille était fini; l'orchestre jouait le prélude du *Tour du monde,* cette adorable valse qui a fait tourner tout le monde.

Un valseur s'approcha qui échangea avec Mme d'Armaillac un sourire presque invisible ; on eût dit qu'ils se connaissaient de longue date, ou qu'ils appartenaient à la même franc-maçonnerie.

Celui-là ne salua pas avec l'humilité épanouie des autres jeunes gens qui s'étaient en allés comme ils étaient venus : il garda sa fierté native, tout en s'inclinant un peu pour demander à Mlle Jeanne d'Armaillac si elle voulait valser avec lui. Quoique sa mère ne lui en eût pas donné la permission, Jeanne se leva et prit le bras du jeune homme comme si elle eût obéi à sa destinée.

— Vous ne me l'enlevez que pour la valse, dit Mme d'Armaillac qui aimait trop à faire des mots.

Le jeune homme lui répondit par le même sourire, et il entraîna Jeanne qui était plus belle encore, comme si une baguette de fée eût soudainement allumé son âme.

— Mademoiselle, lui dit le valseur, j'avais traversé cette fête en train express, résolu de ne pas m'y éterniser, mais voilà que je vous ai vue, et je voudrais qu'elle durât toujours.

— Toujours! monsieur. Combien de minutes?

— Combien y a-t-il de minutes dans une nuit?

Et il avait entraîné Jeanne dans le tourbillon.

C'était la première fois qu'elle se sentait emportée jusqu'à l'enivrement. Il lui était arrivé çà et là de valser, depuis deux hivers qu'elle était dans le monde, mais sans s'abandonner à l'ivresse de la valse. Elle sentait sa fierté tomber sous les regards brûlants de M. de Briançon; elle s'irritait contre elle-même de se sentir à demi vaincue, mais c'est en vain qu'elle voulait retrouver son air superbe. Un nuage passait sur ses yeux, une force invincible agitait son cœur.

Tous ceux qui regardaient valser ne voyaient que M. de Briançon et Mlle d'Armaillac; les autres valseurs n'étaient que les satellites de ces deux astres éblouissants.

On remarquait que le jeune homme et la jeune

fille se ressemblaient beaucoup. C'était la même nature indomptable, la même fierté de race, la même impertinence inscrite aux coins des lèvres; ils étaient grands tous les deux, tous les deux avaient le même air dominateur. Il eût été bien difficile de prédire alors en les voyant qui resterait maître du champ de bataille entre l'homme et la femme. N'y a-t-il pas toujours un combat, un vainqueur et une victime?

Il est rare que le hasard mette en présence un homme et une femme de la même force, du même type, du même caractère. Le proverbe « Qui se ressemble s'assemble » est faux comme tous les proverbes; ce sont les contrastes qui vont l'un à l'autre : le brun aime la blonde, le nerveux aime l'indolente, le railleur aime l'ingénue, le raffiné aime la bête.

M. de Briançon et Mlle d'Armaillac risquaient donc beaucoup de ne pas s'entendre. En attendant, ils se trouvaient fort bien ensemble pendant cette valse tour à tour poétique, amoureuse et violente.

Les femmes continuaient à discuter sur la beauté de Mlle d'Armaillac. Comme les femmes sont petites presque toutes dans les salons de Paris, on la trouvait trop grande, mais on recon-

naissait qu'elle avait un profil sculptural, ce qui
voulait dire : une beauté de statue. On s'entend
très-peu sur la beauté. Pour beaucoup de gens,
les femmes qui ne chiffonnent pas leur figure
pour deux sous de sentiment et quatre sous d'expression sont déjà hors concours. Il faut savoir
jouer des yeux et du regard, faire des mines à
tout propos, en un mot endimancher son visage.
Grâce à Dieu, Mlle d'Armaillac avait trop le sentiment du grand air pour faire des mines; la dignité simple ou la simplicité digne était pour elle
le véritable cachet. Elle avait un autre caractère
de la beauté, bien rare chez les blondes, c'était
la pâleur doucement rosée que n'ont presque jamais les blondes, mais elle n'en était pas pour
cela moins vivante; le sang s'accusait par les lèvres, le feu de l'âme par les yeux : ce n'était pas
un regard, c'était un éclat de lumière. Les mains
étaient d'une forme parfaite, mais elle gantait
6 3/4, pour ne pas dire 7. On pouvait en dire
autant des pieds. Il y avait bien encore quelques
autres imperfections : le cou se détachait avec
grâce, les épaules étaient nourries de chair, mais
les bras étaient un peu longs. Aussi, comme on
parlait de son intimité avec la femme d'un ministre, une méchante femme qui passait par là ne

manqua pas de dire : « Cette demoiselle a les bras longs. » On l'accusait de n'être pas étrangère à un grain de beauté qu'elle avait sur la joue au coin de l'œil comme la duchesse ***; on avait tort d'accuser la pierre infernale, car Jeanne avait fait tout au monde pour effacer ce qu'elle appelait le concetti de sa figure. Elle aimait l'esprit trouvé, mais non l'esprit cherché. Je ne sais si elle avait beaucoup de mauvaises habitudes, mais elle avait celle de plisser son front, comme Junon dans les absences de Jupiter. En ces moments-là, elle altérait sa beauté jusqu'à l'effacer presque. Non-seulement le charme s'évanouissait, mais la discordance altérait la pureté des lignes. Quand elle se voyait ainsi dans un miroir, elle se fâchait contre elle-même, ce qui achevait de la défigurer un peu ; mais le plus souvent cette beauté souveraine gardait sa sérénité au point qu'on disait souvent : « Elle a mis un masque sur sa figure pour être impénétrable. »

Rien ne transperçait de son âme ; jamais ses yeux ne disaient les battements de son cœur.

Cependant la valse était finie. M. de Briançon reconduisit Jeanne vers sa mère, mais non par le chemin, espérant se perdre un peu en route pour garder plus longtemps sa valseuse à son bras. Elle

ne paraissait pas bien pressée elle-même de retrouver Mme d'Armaillac.

— Vous savez, mademoiselle, lui dit le jeune
homme, vous savez que si vous voulez valser encore, je suis votre homme.

Cette manière de parler, qui aurait dû l'offenser, la remua jusqu'au cœur; un peu plus elle répondait : « Eh bien! si je valse encore, je suis votre
femme. » Mais elle arrêta le mot sur ses lèvres.

— Quand je pense, reprit M. de Briançon, que
je ne suis venu ici que pour être poli envers la
duchesse et que me voilà emprisonné dans une
féerie. Figurez-vous, mademoiselle, que je vais
manquer à tous mes devoirs.

— Je n'en doute pas, dit Jeanne avec une fine
moquerie. Je suis bien sûre que vous êtes attendu
à quelque souper du café Anglais, ou à quelque
bal du demi-monde!

— Tout juste, il y a à cette heure un souper
d'actrices au café Anglais et un cotillon à perte de
vue chez une demi-mondaine; or je suis attendu
des deux côtés.

M. Martial de Briançon regarda doucement
Mlle d'Armaillac.

— Si vous voulez valser trois fois avec moi, je
n'irai ni d'un côté ni de l'autre.

— Valser trois fois avec vous, jamais! Ce serait alors une vraie prison. Je serais d'ailleurs désespérée d'être une entrave à vos plaisirs nocturnes; je ne me jette pas ainsi à travers la destinée d'autrui; dépêchez-vous d'aller retrouver ces dames ou ces demoiselles : elles sont plus amusantes que moi.

— Elles sont peut-être plus amusantes que vous, parce que c'est leur métier d'être amusantes, mais ce qui n'est pas douteux, c'est que je m'ennuierai beaucoup cette nuit dans leur compagnie, si vous me condamnez à ne pas rester ici.

— Je ne vous condamne à rien du tout, monsieur : si vous avez l'amour de la valse, vous trouverez des valseuses chez la duchesse. Voyez ces deux demoiselles bleues et roses.

M. de Briançon regarda autour de lui, après avoir vu l'adorable impertinence du sourire de Jeanne.

— Des valseuses! ces femmes-là! J'aime mieux les autres.

A ce moment même on rencontra Mme d'Armaillac. M. de Briançon salua gaiement et remit la fille à la mère, avec l'air dégagé d'un homme qui ne veut pas perdre son temps.

Qui fut bien attrapée, c'est Jeanne.

La figure du diable exprimait, sous son sourire railleur, la colère, l'amour, la jalousie.

Mlle d'Armaillac avait vu s'éloigner M. de Briançon sans retourner la tête. On sait que les femmes ont des yeux derrière les oreilles. Suivez l'une d'elles dans la rue — vieille habitude parisienne qui ne mène pas à grand'chose, — elle verra que vous la suivez, elle verra que vous avez des prétentions, elle verra que vous perdez patience, elle verra que vous bifurquez, le tout sans avoir tourné la tête une seule fois.

Jeanne soupira et murmura :

— Il est parti.

En effet, Martial ne s'était pas arrêté aux bagatelles de la porte, il avait fait signe à un camarade de club ; ils étaient sortis tous les deux du grand salon comme des gens qui vont prendre leur manteau en toute hâte. Ce camarade, c'était René Marbois, un auditeur au conseil d'État qui n'écoutait pas beaucoup de ce côté-là ; il vivait trop la nuit pour être bien éveillé le jour.

— Dis-moi donc, demanda-t-il à Martial, que vas-tu faire de cette belle fille, avec qui tu valsais si éperdument ?

— Oh ! mon Dieu, répondit Martial, c'est peut-être la première et la dernière fois que nous faisons ensemble *le tour du monde*. Je ne l'avais jamais tant vue. Je connais vaguement sa mère qui aime les conversations à l'emporte-pièce. Je lui ai parlé de ceci, de cela, un soir que je m'ennuyais chez le ministre des cultes. C'est une femme honnête qui a une langue du diable.

— Elle a mis au monde une fille superbe. Tudieu, la belle créature !

— Oui, mais ce n'est pas là mon idéal : il y a trop de la déesse dans cette fille : tout à l'heure je m'imaginais que je valsais avec une statue.

René se récria :

— Une statue, Dieu merci, tout à l'heure tu l'as joliment fait descendre de son piédestal ! Un peu plus cette Galatée chantait *Évohé*, comme Mme Ugalde.

— Non, elle aura des éclairs d'emportement, mais elle retournera à son piédestal cinq minutes après. Tu sais mon goût, j'aime la vraie Parisienne, moins haute et moins grave, la Parisienne fleur et oiseau qui sourit toujours et qui ne médite jamais. La vie n'est pas un livre sérieux.

— Oui je te connais, tu aimes la Parisienne chiffonnée ou à chiffonner.

— Tu y es ! Que diable veux-tu que j'aille perdre mon temps avec ces grandes demoiselles à marier ?

— D'autant plus que celle-ci n'a pas de dot.

— Tu es bien renseigné, toi?

— Oh! mon Dieu, sa mère n'en fait pas un mystère. Elle m'a dit à moi-même qu'elle donnait à sa fille pour 50,000 francs de diamants, pas un radis — je me trompe, — pas un rubis de plus! Mme d'Armaillac est réduite depuis la mort de son mari à 12,000 livres de rente, avec quoi il faut qu'elle fasse figure.

— Faire figure et faire sa figure avec 12,000 livres de rente, c'est bien peu.

— C'est égal, Mlle d'Armaillac est si jolie qu'on la prendrait pour rien.

— Je crois bien, on lui donnerait même de l'argent.

— C'est un mot! Tu aimerais mieux cela toi?

— Peut-être.

Les deux camarades avaient descendu l'escalier, traversé le vestiaire et pris un coupé pour aller achever la soirée au café Anglais.

III

COMMENT ON SOUFFLE SUR LE FEU

Or, pendant que René renseignait si bien M. de Briançon, Mlle d'Armaillac n'était pas non plus mal renseignée ; voici comme :

A peine son valseur avait-il tourné les talons, qu'un autre était survenu. Jeanne avait d'abord dit qu'elle ne voulait plus valser, mais dans son dépit d'être sitôt plantée là par Martial, elle aima mieux s'étourdir dans une seconde valse ; elle avait donc promis de valser encore, comme pour continuer son rêve.

Il restait une place sur le canapé ; le nouveau valseur qui connaissait la mère ne fit pas de façon pour s'asseoir près de la fille, pendant qu'on dansait le quadrille. Comme Mme d'Armaillac, une

bonapartiste passionnée, discutait alors avec
M. de Kératry, qui lui prêchait les douceurs du
quatre septembre, le nouveau venu entra de plain-
pied dans l'esprit de Jeanne en lui parlant de celui
qui venait de valser avec elle.

— Je suis bien sûr, mademoiselle, que vous
ne connaissez pas celui qui a tourbillonné avec
vous ?

— Non, monsieur ; si on connaissait son valseur on ne valserait jamais.

Le jeune homme s'inclina.

— Je vous remercie, mademoiselle, mais il ne
faudrait pourtant pas me confondre avec M. de
Briançon. Je suis un homme sérieux.

Cette fois, ce fut la jeune fille qui s'inclina avec
une adorable raillerie :

— Cela se voit bien, monsieur. Je suis sûre que
vous êtes dans la magistrature.

— Vous avez deviné, mademoiselle, je suis depuis hier substitut du procureur de la République.

— Depuis hier, monsieur, et ce bonheur ne
vous suffit pas, il faut encore que vous veniez vous
amuser dans le monde.

— Oui, M. Dufaure, qui est mon protecteur et
qui a plaidé pour la duchesse, m'a obtenu une

invitation, en disant que j'étais capable de conduire le cotillon.

Jeanne s'inclina une seconde fois.

— Décidément, monsieur, vous êtes un homme
sérieux. Je reconnais bien là la magistrature.

Un silence. Le jeune homme ne trouvait plus
rien à dire, mais la jeune fille aurait bien voulu
qu'il lui parlât de M. de Briançon.

Il sembla la deviner, car presque aussitôt il lui
dit :

— Ce M. de Briançon devrait bien, pour l'honneur de son nom, ne pas scandaliser Paris par ses
dévergondages galants; il n'y a pas une drôlesse
avec laquelle il ne s'affiche; par exemple, hier encore, figurez-vous qu'il était à l'orchestre des Italiens avec Mlle Cora-Sans-Perles, une bottine au
vent s'il en fut.

Jeanne masqua un accent de colère, en disant
au jeune magistrat :

— Il paraît, monsieur, que vous les connaissez
bien vous-même ces drôlesses.

— Que voulez-vous, mademoiselle, il faut bien
connaître son Paris, sans quoi on s'exposerait à
faire beaucoup de bêtises, depuis que toutes les
femmes ont la même couturière.

— C'est imprimé, dit Mlle d'Armaillac avec impatience.

— Mais, reprit l'indiscret d'un air fin, il y a connaître et connaître ; moi, je connais ces demoiselles tout juste pour ne pas leur parler, tandis que M. de Briançon les connaît pour leur avoir trop parlé. Par exemple, le voilà parti, savez-vous où il va? J'ai entendu parler d'un bal et d'un souper je ne sais où, c'est là qu'il conduira le cotillon : à chacun selon ses œuvres. On ne peut pas dire de ces messieurs qu'ils ne voient pas lever l'aurore, car ils se couchent quand le soleil se lève.

Jeanne se mordait les lèvres et agitait son éventail. A chaque mot elle voulait interrompre le bavard, mais elle était plus curieuse encore qu'irritée.

— Oui, dit-elle, il paraît que tous les jeunes gens bien nés commencent par cette vie-là, mais ils prennent leur revanche.

— M. de Briançon ne prendra pas sa revanche, il sera toute sa vie détaché d'ambassade ; toutes ces demoiselles l'ont compris en se le jetant l'une à l'autre comme un volant à la raquette.

Jeanne ne voulait pas être vaincue, chaque mot la blessait, mais elle ripostait.

— J'ai ouï dire, murmura-t-elle en s'efforçant de garder son masque impassible, que le duc de Morny avait été le meilleur ministre, M. Janvier le meilleur préfet et M. Roqueplan le meilleur directeur de] théâtre. Les imbéciles ne font pas parler d'eux ni en bien ni en mal.

Le jeune magistrat eut bien raison de ne pas prendre cela pour lui, quoique Jeanne le regardât fixement.

— Oh! dit-il, je ne veux pas la mort du pécheur, il faut que jeunesse se passe, mais on doit toujours sauvegarder sa dignité pour l'honneur de son nom et de sa famille. M. de Briançon a mangé les trois quarts de sa fortune, c'est son affaire; mais ne fait-il pas rougir les cheveux blancs de son père en s'accoudant tous les jours sur son balcon avec une créature nouvelle? J'en sais quelque chose, car il demeure au numéro 8 ou 10 de la rue du Cirque et moi je demeure au numéro 7, presque en face.

— Je suppose, dit Jeanne, que vous vous exercez pour bien parler au palais. Est-ce que vous auriez un réquisitoire à fulminer demain contre M. de Briançon ou un de ses pareils?

— Oh! nous n'avons pas de ces causes-là en province, car je ne suis pas nommé à Paris.

Jamais on n'avait si bien réussi à mettre un homme sur un piédestal — quand on voulait le mettre en pièces — que venait de le faire le substitut du procureur de la République.

Cependant on jouait la valse de *Faust*. Le jeune magistrat se leva et offrit la main à Jeanne. Elle eut l'idée de l'envoyer valser tout seul, mais elle se résigna. Seulement, je doute qu'il trouvât un violent plaisir dans ce violent exercice, car sa valseuse se fit traîner, comme si elle ne voulût pas aller du même pas que lui. Les curieuses de tout à l'heure firent cette réflexion que le substitut du procureur de la République n'était pas un entraîneur comme M. de Briançon. Il suait à grosses gouttes et semblait soulever une montagne. Aussi, à la reprise, Mlle d'Armaillac le remercia, comme si c'était fini. Il insista, désespéré d'être ainsi lâché, mais elle lui dit : « La tête me tourne, » et elle s'en alla vers sa mère. Une des assistantes s'écria : — Si la tête lui tourne, ce n'est pas lui qui lui fait tourner la tête.

Sans doute le jeune homme ne se tint pas pour battu, car, vers la fin de la soirée, quand il eut beaucoup causé avec la mère, Mme d'Armaillac dit à sa fille :

— C'est la destinée qui nous a conduites ce soir

chez la duchesse ; ce jeune homme qui a dansé avec toi t'épousera si tu veux.

Tel est l'aveuglement de l'amour que Mlle d'Armaillac s'imagina que sa mère lui parlait de M. de Briançon, mais elle tomba bien vite du haut de cette illusion quand sa mère continua par ces mots :

— C'est un homme accompli, il aura un jour 45,000 livres de rente. Il n'est pas noble, mais il est d'une bonne famille. Et puis, la magistrature, c'est déjà la noblesse de robe. D'ailleurs, il s'appelle M. Delamare, on peut supposer qu'il s'appelle M. de la Mare, c'est une simple question d'orthographe. Il vient d'être nommé à Dax ; c'est un peu loin, mais ce ne sera qu'un voyage d'agrément pendant la lune de miel, car il paraît qu'il viendra à Versailles avant six mois ; Versailles c'est Paris.

Mlle d'Armaillac regarda sa mère à deux fois.

— Dis-moi, lui dit-elle, est-ce que tu parles sérieusement ? Tu arranges ma vie avec l'air le plus dégagé du monde ; tu m'envoies à Dax comme si tu m'envoyais à Saint-Cloud ; tu sais bien pourtant que je n'aime pas la magistrature.

— C'est là ton tort, moi je l'aime beaucoup. Les magistrats ne sont pas ce qu'un vain peuple

pense ; ils sont galants et spirituels. On ne les
épouse pas pour aller vivre avec eux au palais, ils
y laissent leurs robes et leurs bonnets carrés ; une
fois chez eux ou dans le monde, ils sont charmants.

— Eh bien, épouse toi-même M. Delamare,
puisque tu aimes tant la magistrature, dit Jeanne
à sa mère.

— Voyons, je suis sérieuse, reprit Mme d'Armaillac, c'est une vraie bonne fortune ; on ne
trouve pas tous les jours 45,000 francs de rente
sous les pas d'un valseur. Songe que tu n'as rien,
que mes revenus sont en viager, que nous n'a-
vons pas d'espérances vers quelqu'un des nôtres.
On n'épouse plus, à Paris, les filles pour leurs
beaux yeux.

— Je ne me marierai pas.

— Tu déraisonnes ; il n'y a rien de plus ridicule qu'une vieille fille.

— Je ne suis pas encore majeure.

Mme d'Armaillac avait parlé jusque-là avec douceur, mais elle monta le ton pour dire à sa fille :

— Je veux que tu épouses M. Delamare.

— Maman, tu perds la tête ; c'est surtout sur ces
questions-là qu'il faut dire : Nous voulons.

— Te voilà encore avec tes paroles irritantes

C'en est assez. Je te forcerai bien à faire ton bonheur malgré toi ; je connais mon devoir.

— Mademoiselle, voulez-vous danser avec moi ?

C'était un danseur effréné qui ne voulait pas perdre un quadrille et qui venait fort à propos interrompre cette maternelle et filiale conversation.

— Non, monsieur, je ne danse pas, dit encore une fois Mlle d'Armaillac.

Et se tournant vers sa mère :

— Viens-tu, maman ?

— Déjà ! Je te reconnais bien là, ce n'était pas la peine de venir.

— Une autre fois, tu viendras toute seule.

Jeanne s'était levée ; sa mère se leva exaspérée.

— M. Delamare reviendra tout à l'heure ; il me trouvera fort impertinente de ne pas l'avoir attendu.

Tout justement, le jeune magistrat, qui ne cessait de lorgner Jeanne avec admiration, venait de s'approcher.

— La tête ne vous tourne plus, mademoiselle ?

— Je vous assure, monsieur, que je ne me sens pas très-vaillante depuis que j'ai valsé.

Jeanne aurait pu ajouter depuis que j'ai valsé avec M. de Briançon.

— Donnez-moi le bras, dit la mère à M. Dela-mare, vous allez nous conduire au buffet, après quoi nous nous en irons.

— Voulez-vous me permettre de vous accompa-gner jusqu'à votre porte ?

— Non, dit Jeanne, ce n'est pas votre chemin, puisque vous demeurez rue du Cirque.

Un quart d'heure après, Jeanne était seule dans sa chambre. Quoique ce fût une nuit d'hiver et que le rossignol ne chantât pas dans les bran-ches, elle ouvrit sa fenêtre, comme s'il lui eût fallu voyager vers l'inconnu. Le souvenir de M. de Briançon s'imposait à elle avec une force irrésis-tible ; cette figure souriante et railleuse d'un homme qui n'avait que le souci de s'amuser et de rire de tout, était là, toujours là sous ses yeux.

— Oui, dit-elle, c'est ma destinée qui m'a con-duite ce soir chez la duchesse.

IV

PORTRAIT D'UN AMOUREUX ET D'UNE AMOUREUSE

ARTIAL de Briançon ressemblait à beaucoup de nos jeunes contemporains qui s'abandonnent lâchement au courant au lieu de le remonter avec courage.

Il faisait comme les autres, disait-il, quand on lui reprochait son désœuvrement. Les autres, c'étaient ses amis du club, ceux-là qui feront quelque chose un jour, mais qui, en attendant, se lèvent à grand'peine pour déjeuner, vont passer une heure chez quelqu'une de ces dames, montent à cheval pour faire le tour du lac, à moins qu'ils ne conduisent leur cocher de ce côté-là, rentrent pour dîner dans un cabaret à la mode, comme le

café Anglais, vont perdre leurs soirées où il plaît
à ces demoiselles, se risquent quelquefois dans le
monde, sous prétexte que c'est encore par là qu'on
fait son chemin.

Martial n'était dénué ni d'esprit, ni de cœur;
on citait plus d'un mot de lui; il s'était bien
conduit comme capitaine de mobiles pendant la
guerre; en politique et en art, il avait prouvé
qu'il ne pensait pas comme tout le monde; mais
il était enchaîné par les mauvaises habitudes; la
paresse, son hôtesse familière, émoussait tous les
matins sa volonté. Avec une fortune médiocre, il
se disait qu'il faudrait bien pourtant un jour qu'il
se décidât à faire œuvre d'homme, sinon œuvre
de citoyen, qu'il travaillât pour lui, sinon pour
les autres. Mais que faire? Il connaissait de près
M. le duc Decaze : peut-être commencerait-il
la carrière diplomatique par les consulats. Il re-
grettait de n'avoir pas continué le métier de soldat, après la Commune, puisqu'il serait aujour-
d'hui capitaine. Il avait un oncle banquier, mais
son oncle n'aurait pas voulu de lui pour le dernier de ses commis; lui, d'ailleurs, croyait que la
Banque est trop roturière, quoique ses hauts ba-
rons aient depuis longtemps prouvé qu'ils avaient
le haut du pavé. M. de Briançon se disait, comme

beaucoup d'autres, qu'en fin de compte, le vrai travail pour lui était de trouver une femme riche, qui serait trop heureuse de s'appeler Mme la comtesse de Briançon.

Il s'avouait bien un peu que les devoirs de la vie, réduits à cette recherche d'une dot, n'étaient pas dignes d'un galant homme, mais il se donnait raison, en se disant que ce n'était pas lui qui avait fait sa destinée. Il ne désespérait pas d'ailleurs de prendre un jour sa revanche. Ne pouvait-il pas entrer de plain-pied dans la carrière politique? Déjà on lui avait proposé une candidature de conseiller d'arrondissement. En attendant, il conseillait les femmes du XXIe arrondissement.

Comme l'avait dit M. Delamare, quand Martial sortit de l'hôtel de la duchesse, ce fut pour aller au café Anglais, où il était attendu avec une bruyante impatience. Dès qu'il ouvrit la porte, une cantatrice inédite qui était au piano courut se jeter à sa rencontre et l'étreignit à tours de bras : on eût dit qu'ils ne s'étaient pas vus depuis un an; c'était bien plus long, ils ne s'étaient pas vus depuis un jour.

— Je ne t'attendais plus, dit la cantatrice, un peu plus je me jetais dans les bras du vicomte.

— Je t'aurais repêchée, ma chère Marguerite.

La dame, c'était Marguerite Aumont. Quoiqu'elle fût là avec des soupeuses un peu trop com-
promises, c'était une créature qui marquait beaucoup de distinction native dans ses airs noncha-
lants. On en eût fait une femme du monde, dans
le meilleur monde. Elle était emportée par le courant, mais elle essayait de le remonter.

Elle s'était prise d'un vif amour pour le comte
de Briançon, parce que lui-même était supérieur
à tous les jeunes gens de son groupe. Elle devait
débuter à l'Opéra ou aux Italiens, mais cette
heure tant attendue n'avait pas encore sonné.

— Et pourtant, disait-elle, ce sera l'heure de
mon triomphe.

Marguerite ne manquait ni de voix ni de méthode ; belle et grande, elle avait toutes les sou-
plesses et toutes les élégances d'une comédienne
qui a traversé la bonne compagnie. On ne doutait
pas qu'elle ne prît pied sur la scène, où rien qu'en
se montrant, elle devait éveiller toutes les sym-
pathies. Au théâtre il faut charmer les yeux comme
les oreilles.

Martial adorait Marguerite comme Marguerite adorait Martial. Je ne surprendrai personne
en disant que cette adoration n'empêchait pas
Martial de dépenser son cœur avec toutes les fem-

mes, mais je surprendrai tout le monde en disant que Marguerite, depuis six mois, n'avait pas trahi une seule fois Martial; aussi commençait-on à parler d'elle comme d'une femme légendaire.

Vous pressentez que Mlle d'Armaillac venait bien mal à propos jeter son cœur dans cet incendie.

Le souper ne fut pas moins gai au café Anglais que chez la duchesse.

Mais, voilà bien le cœur humain : seul parmi ses amis, Martial fut mélancolique; quoiqu'il aimât éperdument Marguerite Aumont, il sentait que le souvenir de Mlle d'Armaillac le frappait au vif.

V

LES AMORCES DU PÉCHÉ

E lendemain, ce fut la même obsession pour Jeanne que pour Martial, Jeanne avait rêvé de Martial : c'était Martial et non M. Delamare qui lui demandait sa main, c'était lui qui allait à Dax et qui revenait à Versailles. Voyage enchanté : elle se passionnait pour la magistrature, que dis-je ! elle allait au Palais de Justice écouter son mari dans ses actes d'accusation ; elle le trouvait beau dans la majesté de sa robe noire. Terrible réveil : M. de Briançon n'était plus que M. Delamare.

Dans l'après-midi, une amie de sa mère vint prendre Jeanne pour aller au bois. Naturellement elle y chercha M. de Briançon, mais les gens de l'extrême mode ne vont au bois que quand les autres en reviennent. Ce fut donc vainement qu'elle jeta un regard furtif sur toutes les victorias et dans tous les coupés. Mais quand elle remonta l'avenue de l'Impératrice, elle aperçut Martial qui conduisait un phaéton attelé de deux chevaux noirs, magnifiques bêtes fort connues sur le turf.

Elle espérait qu'il la saluerait d'un regard en passant, mais ce ne fut pas elle qu'il salua : il envoya le plus joli sourire à Mlle Fleur-de-Pêche, cette ingénue de trente-six ans, qui recommence toujours sa comédie dans le même rôle. Ce sourire, que Jeanne avait voulu prendre au passage, lui fut un coup de poignard.

— Il ne m'a même pas vue, dit-elle avec fureur. Mais que suis-je pour lui? Rien. Si j'étais une héritière, il s'occuperait peut-être de moi, mais une fille du monde sans dot, que peut-on faire de cela, tandis qu'avec ces filles-là on ne perd pas son temps.

Mlle d'Armaillac était bien prise.

Elle ne put s'empêcher de songer que les femmes les plus heureuses n'étaient sans doute pas les plus honnêtes. La vertu n'est donc pas récompensée sur la terre? C'est en vain qu'une jeune

fille se sera résignée à tous les devoirs de l'éducation, à toutes les soumissions familiales, à toutes
les charités évangéliques, à tous les renoncements
du cœur et de l'esprit ; en vain elle aura sacrifié
l'orgueil du luxe et les enivrements de la passion. Qui lui tiendra compte de tout cela, si ce
n'est sa conscience ; or la conscience est-elle assez
riche pour nous payer toujours à travers la pauvreté plus ou moins dorée ? Tandis que celle qui
se jette éperdument dans toutes les folies, vit à
plein esprit et à plein cœur; c'est pour elle qu'on
taille les diamants, qu'on file la soie, qu'on travaille la dentelle, qu'on élève des chevaux de sang
qu'on cultive le clos Vougeot et le château Yquem.
Worth n'a pas assez de ciseaux ni assez d'aiguilles,
les théâtres n'ont pas assez d'avant-scène. Pour
celle-ci, la vie est une fête perpétuelle, une fête où
on pleure comme dans toutes les fêtes, mais où
on rit beaucoup plus qu'on ne pleure. Et celle qui
s'est sacrifiée à Dieu et à sa famille, quand elle
s'en va de ce monde, n'a souvent que le corbil-
lard des pauvres, tandis que l'autre, qui s'est pa-
vanée dans les sept péchés mortels, a toute une
suite de reporters qui vont chantant son épitaphe
dans les journaux. Est-ce donc l'heure de la revanche quand elles montent toutes les deux au

ciel? Celle qui a traversé toutes les richesses tombe dans l'abîme des misères, tandis que celle qui a traversé tous les sacrifices s'élève dans le rayonnement infini. C'est l'Évangile qui dit cela, mais l'Évangile ne dit-il pas aussi que Dieu a pardonné à Madeleine courtisane et à Madeleine adultère ?

Voilà ce que se prêchait à elle-même Mlle d'Armaillac, dans le landau de l'amie de sa mère. Une brèche était déjà faite à sa vertu. Ce fier orgueil qu'elle portait sur le front, dans le regard, au coin des lèvres, n'allait-il pas la perdre au lieu de la préserver?

— Ah ! il ne m'a pas vue, murmura-t-elle. Je le forcerai bien à me regarder.

VI

LE DUO A TABLE

E soir, la mère et la fille dînaient rue de Morny, chez Mme de Tramont, cette femme à la mode qui ne s'offensait pas trop d'être surnommée forte-en-gueule, parce qu'elle avait la plus belle bouche du monde et qu'elle débitait de l'esprit à tort et à travers.

Mme de Tramont avait toutes les semaines de l'hiver douze personnes à dîner, qu'elle choisissait çà et là dans le monde de l'aristocratie et dans le monde littéraire; c'était la confusion des races et des esprits.

Elle était encore belle, quoiqu'elle fût à son regain, voilà pourquoi elle n'était pas jalouse, voilà pourquoi Mme et Mlle d'Armaillac étaient de ses

invitées parmi les femmes. La fille était fort belle,
et la mère n'était pas encore trop en ruines; d'ailleurs la mère était comme Mme de Tramont, une jolie forte-en-gueule.

Quoique Jeanne mît en retard Mme d'Armaillac, elles n'arrivèrent pas les dernières chez Mme de Tramont; on avait invité, ce jour-là, une grande dame italienne, renommée pour sa belle voix, qui ne vint qu'à sept heures et demie, appuyée au bras de M. de Briançon.

— Cinq minutes de plus, dit Mme de Tramont, j'aurais dit : « Mieux vaut jamais que tard. »

— Remarquez, madame, dit Martial, que c'est l'illustrissime chanteuse en *i*, avec un beau point sur l'*i*, qui m'a mis en retard.

— Mais monsieur, dit la chanteuse, je n'ai pas l'honneur de vous connaître.

Ils étaient arrivés en même temps à la porte de l'appartement; dans l'antichambre, M. de Briançon avait offert son bras pour entrer dans le salon.

— Oui, dit Martial en s'inclinant vers la dame, mais moi je vous connais bien, or mes chevaux ont suivi les vôtres, qui n'allaient pas vite du tout. Je ne voulais pas les dépasser pour avoir l'honneur de vous offrir mon bras dans l'antichambre de Mme de Tramont.

Martial avait salué tout le monde, il s'approcha
de Mlle d'Armaillac comme s'il se la fût réservée
pour la bonne bouche.

— Eh bien, dit Mme de Tramont, puisque vous
en êtes à Mlle Jeanne, donnez-lui votre bras pour
la conduire à la salle à manger.

Ce qui fut dit fut fait :

— Mademoiselle, dit Martial, j'avais tout justement gardé un regret hier au bal ; comment ai-
je pu oublier de vous offrir après la valse une
coupe de café glacé, au buffet ? Je vais aujour-
d'hui réparer tous mes torts.

— Ce sera d'autant mieux, dit Jeanne, que j'ai
soif depuis hier.

En effet, Jeanne avait la fièvre. Chez Mme de
Tramont on se plaçait à la diable : elle ne voulait
pas qu'on lui reprochât d'avoir mis le froid avec
le chaud, le pacifique à côté de l'emporte-pièce.
Naturellement M. de Briançon ne céda pas sa
place à côté de Mlle d'Armaillac.

Quand on est douze à table, la conversation est
presque toujours une, surtout dans les maisons
comme celle de Mme de Tramont, où on rédige
en dînant la gazette politique, littéraire, mon-
daine et scandaleuse de Paris.

Martial, qui connaissait les habitudes de la table, commença à parler haut de ceci et de cela pour payer sa contribution, se réservant de causer bientôt à mi-voix avec sa voisine, pendant que les « fortes-en-gueule » auraient la parole.

Au bout de cinq minutes, il avait entamé la causerie la plus intime avec Jeanne.

Que se dirent-ils? que ne se dirent-ils pas? Jeanne, qui avait beaucoup de cœur, trouvait beaucoup d'esprit à Martial. Il se montrait tour à tour passionné et amusant, ne prenant ni lui ni les autres au sérieux. Il tentait de prouver à Jeanne qu'elle était la plus belle entre toutes et qu'il l'aimait éperdument.

— Je n'en crois pas un mot, lui dit-elle tout à coup.

— Parce que je ne vous dis pas cela avec la figure du jeune Werther, reprit-il en allumant ses yeux; mais la figure ne fait rien à l'affaire; croyez-vous que par cela que nous ne sommes plus au temps du pâle sentimentalisme, nous n'ayons pas autant de cœur que tous ces pleureurs de l'ancien régime? Nous sommes comme le gladiateur, nous allons à l'amour avec un sourire.

— Vous avez raison, dit tristement Mlle d'Armaillac, aller à l'amour, c'est aller à la mort.

3.

— Oui, mais par le chemin le plus long et le plus joli.

— Le chemin des larmes !

Martial regarda Jeanne.

— Mademoiselle, vous avez marché ce matin sur un pli de rose.

Jeanne essaya de sourire.

— C'est en valsant hier, monsieur, que j'ai marché sur un pli de rose.

Un silence. Martial hasarda quelques paradoxes sur les passions. Un second silence.

Jeanne reprit la parole sans lever les yeux.

— Vous parlez, monsieur, des passions, comme si vous ne viviez que là dedans. Est-ce que vous en faites la grammaire à l'usage des jeunes personnes ?

— Dieu m'en garde ! d'ailleurs, je ne parle de l'amour que par ouï-dire, car je n'ai jamais aimé que vous !

— Je n'en doute pas, car après la valse vous vous êtes enfui en toute vapeur.

— Mademoiselle, je fuyais le danger.

— Vous êtes allé vous mettre à l'abri dans une petite fête du café Anglais. Vous ne fuyez pas le danger avec ces demoiselles.

— Oh non, ces demoiselles ne me font pas

peur! on ne craint pas avec elles de s'enchevêtrer dans une passion sans fin; tandis qu'avec une fille du monde comme vous, on se jette tout entier dans la fosse aux lions; on y met son cœur, son âme, sa vie; on est prêt à tous les sacrifices, à toutes les folies, à tous les héroïsmes.

Quoique M{{}}{{}} d'Armaillac fût très-émue, elle trouva assez de présence d'esprit pour interrompre Martial en lui disant :

— On croirait que vous jouez un rôle d'amoureux au Gymnase.

Et lui, dépassant le diapason :

— Mademoiselle, vous n'aimerez jamais !

Jeanne répéta comme un écho :

— Jamais!

Mais M. de Briançon, qui voyait bien l'émotion à travers le masque, ne se tint pas pour battu; il sentait que son magnétisme amoureux frappait fortement la jeune fille, il pensait qu'un jour ou l'autre, s'il le voulait bien, elle lui tomberait dans les bras comme une fraise vous tombe dans la main en agitant le fraisier.

Il y a une fable italienne qui peint à merveille ces premiers enlacements. Ce sont des amoureux rustiques qui veulent se fuir, mais qui se retrouvent toujours dans le même chemin; le fil de la

Vierge flôtte autour d'eux; peu à peu ils sont en-
chaînés par ces liens fragiles; ils pourraient les
briser, mais ils croient que c'est la volonté du ciel
qui les emprisonne dans les bras l'un de l'autre.
Ils n'ont plus que la force de s'aimer.

Tous les amoureux sont ainsi, ils s'emprison-
nent dans des chaînes idéales, tout en s'imaginant
que c'est écrit là-haut. Pas une femme qui ne se
dise le jour de sa chute : c'était ma destinée !

Il faut bien se donner raison, quand on a tort.

Après le dîner, Mme de Tramont dit tout haut
à M. de Briançon :

— Eh bien, mon cher ami, vous avez perdu
votre temps : cela m'amusait bien de vous voir
filer le parfait amour avec cette belle statue. Voyez-
vous, mon cher, Mlle d'Armaillac est une déesse,
il faut l'adorer, mais il ne faut pas l'aimer.

— O mon Dieu oui, vous avez raison, répondit l'amoureux en prenant un air de bonne bête,
oui, j'ai perdu mon temps, mais le meilleur de
son temps, voyez-vous, c'est encore le temps perdu.

Mme de Tramont se tourna vers Mme d'Armaillac :

— Quand vous aviez vingt ans, est-ce que vous
étiez comme Jeanne ? Est-ce que vous aviez un
cœur de Paros et de Carrare ?

— Oui, dit Mme d'Armaillac.

Et se penchant à l'oreille de Mme de Tramont :

— Mais je me suis joliment rattrapée depuis.

— Oh ! vous êtes comme moi, vous vous parez des plumes du paon, vous avez eu la bêtise de la sagesse. Ce que c'est que d'être bien née !

— Puisque je vous tiens un instant, reprit Mme d'Armaillac, il faut que je vous dise une bonne nouvelle. Je vais marier Jeanne.

— Marier Jeanne ! à qui ? à quoi ?

— On ne vous a jamais parlé d'un jeune magistrat qui s'appelle M. Delamare ?

— La mare, de la mare, à la mare, non jamais.

— Eh bien ! si je ne me trompe, ma fille s'appellera, avant six semaines, Mme Delamare.

— Comment est-il ? Beau ramage et beau plumage ?

— Vingt-cinq mille livres de rente et tout autant plus tard.

— Elle l'aime ?

— L'amour dans le mariage, nous avons bien vécu sans cela nous autres.

— Et qui a décidé ce dénoûment ?

— Mon frère. Que voulez-vous, ma chère amie, quand on n'a plus que son nom et ses diamants...

Mme de Tramont, qui avait été fort malheureuse avec son mari, ne put s'empêcher de dire :

— Quel malheur de donner une si belle fille à un mari !

Pour Mme de Tramont, un mari était une espèce à part, indigne en tout point de vivre avec les femmes.

Elle n'avait pas trahi la foi conjugale, elle s'était hasardée dans quelques aventures sentimentales tout à fait platoniques, mais elle avait toujours eu en horreur les hommes mariés; pour elle, son mari et les autres maris, c'était tout un.

Mlle d'Armaillac , qui écoutait aux portes, fut désespérée d'apprendre par un mot de sa mère que c'était son oncle qui avait eu l'idée de la marier au jeune magistrat. Son oncle l'adorait; il était son refuge contre sa mère, dont elle subissait trop souvent les caprices; elle espérait que le jour venu il lui donnerait une petite dot; elle vivait donc très-soumise à son oncle jusque-là : comment lui résister quand il allait la supplier d'épouser M. Delamare? c'était un mariage de raison s'il en fut.

La figure de Jeanne venait de se rembrunir singulièrement.

Quand Mme et Mlle d'Armaillac rentrèrent chez

elles vers minuit, il y eut entre elles une terrible explication, quoique Jeanne se fût efforcée de garder le silence devant les remontrances de sa mère.

Mme d'Armaillac reprocha à Jeanne d'avoir trop flirté avec M. de Briançon.

A la fin, Jeanne, ne se dominant plus, dit à sa mère qu'elle ne comprenait pas ce mot-là qui n'était pas dans sa grammaire, ni au couvent, ni dans le monde.

— Malheureusement, dit Mme d'Armaillac, c'est maintenant un mot français. Les jeunes filles ont si bien imité les Américaines que nous sommes forcés de prendre des expressions au Nouveau-Monde.

— J'avoue, murmura Jeanne, que c'est de l'hébreu pour moi.

— Je te dis encore une fois que c'en était scandaleux : tu avais l'air de boire les paroles de ce jeune homme, si bien que M. Delamare en sera averti, je n'en doute pas.

Jeanne bondit.

— M. Delamare ! Ne dirait-on pas que je suis sa femme !

— Plût à Dieu que tu fusses sa femme ! je n'aurais plus à m'inquiéter de toi.

— Je ne sais pas pourquoi tu t'inquiètes de moi, on dirait vraiment que je ne peux pas marcher toute seule.

Je ne veux pas redire mot à mot toute la conversation ; ce que j'ai rapporté n'était que le début. Les paroles amères succédèrent aux paroles froides, les paroles violentes aux paroles amères. Ce fut au point que Mme d'Armaillac prit sa fille par le bras et la jeta hors de sa chambre en lui disant :

— C'en est trop, tu me feras mourir de chagrin.

Comme toutes les femmes emportées, Mme d'Armaillac avait ses bons et ses mauvais quarts d'heure. Elle ne se connaissait plus dans la colère ; elle était variable à ce point que son frère ne manquait pas de faire cette plaisanterie quand il la voyait rire ou pleurer : « Le baromètre est au beau temps, ou à la pluie ; ou bien il est à la brise, ou à la tempête. » Il la menaçait de ne plus venir chez elle qu'avec un parapluie, quand elle lui montrait ses larmes stériles. Aucune femme n'avait autant pleuré pour rien ; aussi disait-elle souvent :

— O mes nerfs ! mes nerfs !

Jeanne était presque toujours impassible devant

les variations de sa mère ; elle la plaignait de ne
se point contenir, elle l'embrassait dans ses larmes, mais sans vouloir se mettre à son diapason,
ce qui désespérait Mme d'Armaillac, car elle aurait voulu que sa fille eût toutes ses joies et toutes
ses douleurs.

Quand Mlle d'Armaillac fut ainsi jetée à la porte
de sa mère, elle se demanda si vraiment elle était
coupable. Coupable de quoi ? Coupable d'aimer
Martial. Mais l'entraînement avait été si rapide,
en vérité, qu'elle ne pouvait dire :

— C'est ma faute.

Elle entra dans sa chambre, elle alluma son
bougeoir et se regarda dans la glace de la cheminée. Elle était si pâle qu'elle fut presque effrayée
de sa pâleur. Depuis la veille c'était une méta-
morphose : ses yeux étaient plus grands et plus
enflammés, sa figure s'était pour ainsi dire impré-
gnée du sentiment profond qui agitait son cœur.

— Non, ce n'est plus moi, dit-elle.

Il y avait dans son regard je ne sais quelle
vague tristesse qui lui fit peur.

— L'amour, c'est donc si triste que cela, reprit-
elle.

Elle pensa à sa mère et à M. de Briançon ;
elle se sentit malheureuse.

— Elle me repousse, murmura-t-elle, et lui ne m'appelle pas.

Jeanne se mit à pleurer et tomba agenouillée devant son lit.

— O mon Dieu! dit-elle, sauvez-moi.

Mais elle ne sentit pas que Dieu fût là pour écouter ses prières.

Elle pria pourtant, mais elle s'aperçut bientôt qu'elle ne pensait qu'à Martial.

Elle se releva et se déshabilla lentement sans bien savoir ce qu'elle faisait. Elle pensa qu'il lui serait impossible de dormir, tant elle avait de flammes dans la tête. Elle prit un roman pour se coucher, mais elle lut comme elle avait prié, sans pouvoir effacer l'image de M. de Briançon. Quand la passion prend fortement le cœur, il n'y a plus d'autre roman que la passion elle-même.

Vers le jour, Jeanne s'endormit pourtant, mais d'un sommeil clairvoyant qui agite plutôt qu'il ne repose. Aussi, vers neuf heures, quand elle descendit de son lit, elle avait la fièvre et ne pouvait dominer ses battements de cœur.

Une bonne pensée la conduisit vers la chambre de sa mère; elle voulait l'embrasser et la ramener à sa douceur des bons jours, décidée à s'humilier, quoiqu'il en coûtât fort à son orgueil indomptable, mais non décidée pourtant à épouser M. Delamare.

Mme d'Armaillac ne fermait jamais le verrou de sa chambre, mais cette fois Jeanne ne put ouvrir la porte; aussi elle frappa doucement. Mme d'Armaillac ne répondit pas, quoique Jeanne fût sûre qu'elle était éveillée, puisqu'on venait de lui porter un tasse de chocolat.

L'orgueil remonta vite dans cette jeune tête. Jeanne retourna dans sa chambre en disant :

— C'en est fait! tant pis pour moi, tant pis pour elle !

Elle acheva de s'habiller en toute hâte ; elle mit une robe noire, elle se coiffa d'un chapeau noir, elle jeta sur ses épaules son manteau de fourrures et descendit quatre à quatre l'escalier.

— Mademoiselle va à la messe ? lui cria la femme de chambre.

Jeanne ne répondit pas.

Quand elle eut descendu deux étages, elle faillit rebrousser chemin.

— Non, dit-elle, c'est impossible que j'aille jusque-là.

Après quelques secondes d'hésitation, elle descendit plus vite encore et ne se retourna plus.

Dans la rue, elle fit signe à un cocher et s'en-

ferma dans une citadine, comme si elle se cachait.

— Où faut-il conduire madame ? demanda le
cocher.

Mme d'Armaillac demeurait rue Malesherbes.
Jeanne répondit au cocher :

— Tout près d'ici, rue du Cirque, mais par l'a-
venue Gabriel.

— Quel numéro ?

La jeune fille n'osa pas dire le numéro.

— Vous vous arrêterez avenue Gabriel.

Et fouette cocher !

Vous voyez tout de suite où elle allait, si vous
ne l'avez pas deviné.

Dans les rêves qui l'avaient tourmentée pendant son demi-sommeil, elle s'était déjà hasardée
à cette maison qui était le paradis et l'enfer. Elle
se rappelait qu'elle n'avait pas eu la force de monter, mais Martial était descendu et l'avait emportée chez lui comme par enchantement. Mais ce
rêve se réaliserait-il ? Qui sait d'ailleurs si M. de
Briançon était là ? Aurait-elle le terrible courage
de franchir le seuil ? Si elle allait rencontrer quelqu'un qui la connût ? Et puis, elle ne savait pas à
quel étage il demeurait. Comment oserait-elle le
demander au portier ?

Pendant que toutes ces idées la préoccupaient, la citadine allait bon train.

— Cette voiture va trop vite, dit-elle comme si elle sentît l'abîme sous ses pas.

La citadine arriva avenue Gabriel, au coin de la rue du Cirque.

Jeanne fut une demi-minute sans descendre ; le cocher la regardait et semblait ne pas comprendre.

— Oui, c'est bien ici, lui dit-elle.

Elle descendit enfin et marcha d'un pas rapide.

— Connu, connu, murmura le cocher qui n'était pas payé, elle ne veut pas que je sache le bon numéro. Il paraît qu'elle m'avait pris à l'heure.

Et l'automédon avança sa montre de cinq minutes avant de lire son journal. Il faut bien que l'instruction soit gratuite.

VII

LE DÉJEUNER DE MARGUERITE

MADEMOISELLE d'Armaillac se trompa de côté. Elle faillit entrer dans la maison de M. Delamare.

— Oh! mon Dieu! dit-elle en traversant la rue, je n'y avais pas songé.

Elle entra sous une porte cochère et elle demanda à la portière à quel étage demeurait M. de Briançon.

Cette femme, tout en la dévisageant à travers son voile, lui répondit que c'était au troisième au-dessus de l'entre-sol. Et elle ajouta d'un air malicieux :

— Je crois qu'il y a quelqu'un.

Jeanne qui comprit eut bien envie de retourner sur ses pas, mais par un enfantillage de fierté, elle voulut braver la portière : elle passa outre, la tête levée, et monta bravement.

Au second étage, elle fut effrayée parce qu'un des locataires qui descendait la salua avec un sourire de politesse.

Elle s'imagina qu'elle était reconnue, mais il n'y avait plus à s'arrêter en route.

Une minute après, elle sonnait à la porte de M. de Briançon.

Un petit nègre vint ouvrir.

— M. de Briançon?

— Le nom de madame?

— Une dame inconnue.

Le petit nègre sembla réfléchir, son maître lui avait dit à diverses reprises :

— Si tu laisses entrer celle-ci ou celle-là, je te jette par la fenêtre.

Mais il ne lui avait jamais dit :

— S'il se présente une dame inconnue, tu lui diras que je n'y suis pas.

Donc, après avoir pris conseil, le groom se décida à faire passer la dame dans le salon en disant qu'il allait avertir M. le comte.

— Est-ce qu'il y a quelqu'un? demanda Jeanne en baissant la voix.

— Oui et non, répondit le nègre qui connaissait la langue diplomatique.

A peine eut-il disparu, que Jeanne entendit
M. de Briançon qui disait :

— Une dame en noir, à dix heures du matin,
c'est de mauvais augure.

— Sans doute, pensa Jeanne, il parle à un de
ses amis.

Elle aurait voulu, comme dans les contes des
fées, se faire invisible pour voir et pour entendre,
mais déjà elle avait le regret d'être venue.

Martial entra, elle l'attendit sans faire un pas
vers lui.

— C'est vous? dit-il en souriant, pour cacher
sa surprise.

Il lui prit la main.

— Non, ce n'est pas moi, dit-elle en arrachant
son voile.

Elle était blanche comme le marbre, ses beaux
yeux étaient cernés de noir, elle avait la figure tragique.

— Non, ce n'est pas vous, répéta-t-il. Que
s'est-il donc passé?

— Vous ne le devinez pas?

Martial regardait Jeanne avec des yeux qui ne
comprenaient pas.

— Parlez, qu'y a-t-il?

— Il y a que je voudrais être à mille pieds sous terre.

Martial, qui ne pouvait s'empêcher de railler, même dans les moments les plus dramatiques, murmura :

— Oui, je connais cela. On voudrait être à mille pieds sous terre, mais pas à six pieds sous terre.

— Ne riez pas, reprit Jeanne plus attristée encore, je voudrais être morte.

Martial prit doucement Mlle d'Armaillac dans ses bras avec un sentiment fraternel; elle sentit que ce n'était pas l'amour qui parlait en lui, aussi lui dit-elle tristement :

— Je vois que vous ne comprenez pas pourquoi je suis venue.

Martial cherchait à lire dans les regards de la jeune fille.

— Je n'ose pas comprendre, murmura-t-il.

Cette fois il lui baisa le front, il lui baisa les yeux.

— Des larmes, dit-il.

— Non, je ne pleure pas, répondit Jeanne en relevant la tête et en se dégageant des bras de M. de Briançon, quoiqu'elle eût trouvé très-doux d'y rester.

4

— Je sens bien, poursuivit-elle, que je vous dé-
range, je suis venue trop matin ou plutôt j'aurais
dû ne pas venir du tout.

— Ah! je comprends maintenant, dit-il en la
ressaisissant dans ses bras; que voulez-vous, je
n'avais jamais pris les femmes au sérieux.

Martial appuya Jeanne sur son cœur avec plus
d'effusion.

— Ah! que je suis heureux, poursuivit-il.

— Non, vous n'êtes pas heureux, dit Jeanne
en se dégageant encore; vous n'êtes pas heureux,
parce que vous ne m'aimez pas; vous n'êtes pas
heureux, parce que vous n'êtes pas seul ici : je
sens qu'il y a une femme là dans votre chambre.

— Quelle idée! où avez-vous vu cela?

— J'ai une seconde vue, on ne me trompe pas.
Dites-moi la vérité.

Il y avait tant de candeur dans les beaux yeux
de Mlle d'Armaillac que M. de Briançon n'eut
pas le courage de la tromper.

— Eh bien, oui, il y a une femme. Je vous
aime trop pour ne pas vous dire la vérité.

— Qu'est-elle donc ici cette femme?

— Vous savez, ou plutôt vous ne savez pas,
nous sommes tous ainsi, nous vivons en cama-

rades avec une fultitude de comédiennes égarées, qui n'ont d'intérieur que celui des jeunes gens qui soupent avec elles ; elles s'en reviennent avec nous sans savoir pourquoi ; c'est l'horreur de la solitude qui fait ces mariages-là ; le matin venu, on ouvre la porte et les oiseaux s'envolent.

Jeanne avait pris ce que disait Martial pour paroles d'Évangile. Il parlait d'un air si dégagé, qu'elle ne doutait pas que la femme qui s'était attardée dans sa chambre à coucher ne fût une étrangère pour ce coureur d'aventures.

— Eh bien, dit-elle, ouvrez la porte à cette fille ou je m'en vais.

— Oh non ! vous ne vous en irez pas, mais donnez-moi le temps de mettre galamment l'autre à la porte. Je ne la connais — ni des lèvres, ni des dents, — mais elle m'a paru être une fille bien élevée : il faut lui donner un quart d'heure de grâce pour faire sa figure.

Et regardant en face Mlle d'Armaillac :

— Vous, il ne vous faut pas même une seconde pour faire votre figure, parce que vous avez l'éclatante beauté et l'éclatante jeunesse.

Jeanne, brisée par les mille émotions de son cœur et de son âme, tomba sur le canapé et se cacha la tête dans ses mains, pendant que Mar-

tial allait tenter de mettre galamment sa maîtresse
à la porte.

Car celle — qu'il ne connaissait pas — était sa
maîtresse depuis six mois.

Marguerite Aumont n'était pas la première venue : elle était jolie et elle avait le charme. Elle
avait ses grandes entrées dans les salons de ces
dames, depuis l'hôtel Rosalie Léon jusqu'à l'hôtel
Cora Pearl. Mme Esther Guimond lui avait ensei-
gné comment les femmes ont de l'esprit; Mlle Sou-
bise, comment on peut toujours jouer et ne jamais
perdre. Elle avait quitté un prince russe pour
M. de Briançon. Elle devenait sérieuse : comme
elle avait une belle voix elle jurait qu'elle devien-
drait une grande cantatrice. En attendant, elle
était amoureuse de Martial qui était amoureux
d'elle. Il ne la quittait que le soir pour aller pas-
.ser quelques heures dans le monde, dans l'ar-
rière-pensée d'y trouver bientôt une femme plus
ou moins millionnaire. Il était d'ailleurs de ceux
qui aiment les deux mondes, l'un lui faisait aimer
l'autre, — et réciproquement, — comme cette célèbre comédienne du Théâtre-Français qui avait
deux amants pour les aimer l'un par l'autre :
quand elle n'en avait qu'un, elle ne l'aimait pas.

O La Rochefoucauld ! ô voyageur intrépide

dans les pays inaccessibles du cœur humain, que de forêts vierges tu n'as pas traversées!

Martial devait déjeuner avec Marguerite, un de ces gais déjeuners d'amoureux où on ne se mange pas de baisers, mais où on oublie que la vie est un devoir.

Comment M. de Briançon allait-il se débarrasser d'elle pour ce jour-là?

— Tu ne sais pas, lui dit-il en entrant dans le cabinet de toilette où elle était en train de se donner le dernier coup de pinceau, il m'arrive une belle-sœur.

— Une belle-sœur! s'écria Marguerite, tu ne m'avais jamais parlé de ton frère.

— Mon frère, j'en ai trois ou quatre; est-ce que j'ai l'habitude de te parler de ma famille? Je ne suis pas comme toi qui me recommandes tous les jours ton père, ta mère — et ta sœur!

— Eh bien! qu'est-ce que tu veux que je fasse de ta belle-sœur?

— Ma chère amie, je suis forcé de déjeuner avec elle.

— Et moi?

— Toi, tu iras déjeuner chez ta sœur.

— Voilà une mauvaise plaisanterie.

4.

— Je ne plaisante pas du tout; veux-tu vingt-cinq louis pour prendre un fiacre?

Marguerite allait se fâcher; mais, dans sa passion du luxe, la vue de l'or l'apaisait souvent; elle daigna sourire :

— Je voudrais bien voir le bout du nez de cette belle-sœur.

— Ne vas-tu pas être jalouse? Elle a le nez rouge.

— C'est qu'avec toi on ne sait jamais sur quel pied danser; quand nous sortons ensemble, nous ne pouvons faire un pas sans rencontrer une de tes victimes; si elles se mettent à venir chez toi, Dieu merci, ce sera une procession.

— Allons donc, tu sais bien que je n'ai donné la clef qu'à toi seule. Va-t'en vite.

— Oui. Et ne reviens jamais, n'est-ce pas?

— Nous dînerons ensemble au café Riche; tu retiendras un cabinet, tu inviteras un de mes amis si tu vas au bois.

— Est-ce que tu n'iras pas!

— Non, j'ai un cheval qui boite.

M. de Briançon embrassa Marguerite et la poussa doucement vers une petite porte donnant dans l'antichambre.

— Mon cher, lui dit-elle, c'est ton amour qui boite.

Quand Martial rentra dans le salon, Jeanne était toujours dans la même attitude.

— N'est-ce pas, lui dit-il, que la demoiselle a été bientôt expédiée ?

— Ah ! je respire, murmura Mlle d'Armaillac.

Un demi-sourire passa sur sa figure comme pour exprimer le sentiment de la victoire, mais presque aussitôt la tristesse reprit : elle voyait les ténèbres dans les rayonnements.

Martial alla s'asseoir à côté d'elle ; quoiqu'il fût à outrance un chercheur de bonnes fortunes, sa figure exprimait l'inquiétude : c'est que l'aventure qui lui arrivait était trop inespérée et trop inatten-due. Il avait beau faire bon marché de la vertu des femmes du monde, il ne pouvait en croire ses yeux, en voyant Mlle d'Armaillac assise dans son salon, lui apportant son cœur, sa beauté, son âme. Il avait certes bonne opinion de lui-même, mais il ne se croyait pas digne d'une pareille au-baine.

Il ne voulait pourtant pas prêcher Jeanne pour la remettre sur le bon chemin.

Ce qui tombe dans le fossé c'est pour le soldat, mais il se préoccupait déjà du lendemain. C'était

une passion sérieuse qui avait amené cette jeune
fille chez lui ; après les heures d'enivrement, comment combattre cette passion ? Il n'était pas payé
pour faire de la morale.

Avant d'aller plus loin, il voulut causer un peu
avec Jeanne pour bien savoir comment elle entendait l'amour, pourquoi elle était venue, si elle
avait le dessein de ne pas s'en aller.

Il y a des femmes qui ne demandent qu'à faire
leur confession. Jeanne aimait trop Martial pour
ne pas tout lui dire ; elle lui raconta mot à mot
ce qui s'était passé depuis deux jours, comment
il l'avait transfigurée par son amour, comment sa
mère la voulait forcer à épouser un magistrat,
comment à moitié folle de désespoir et de passion
elle était venue lui dire : Je vous aime.

— Si nous déjeunions, dit tout à coup M. de
Briançon.

— Ah ! oui, murmura Mlle d'Armaillac, il y a
un déjeuner qui était préparé pour cette demoiselle. Je n'ai pas faim.

— Voyons, il est onze heures.

— Eh bien, si vous avez faim, j'irai me mettre
à table à côté de vous.

— L'appétit viendra en mangeant.

Martial sonna. Le petit nègre survint.

— Le déjeuner est-il servi?

— Oui, monsieur le comte.

— Il y a du bon feu?

— Un feu d'enfer, monsieur le comte.

Martial se tourna vers Jeanne :

— A la bonne heure, car on s'enrhume ici.

Il prit la main de Jeanne pour la conduire.

Mlle d'Armaillac ne fut pas peu surprise de s'apercevoir que le déjeuner était servi dans la chambre à coucher; elle faillit ne pas entrer dans cette chambre où Marguerite était encore un quart d'heure auparavant. Mais les choses avaient été bien faites; tout était remis en ordre avec beaucoup de tact ; n'eût été le lit, on n'aurait pas dit que ce fût une chambre à coucher.

Mlle d'Armaillac soupira et passa le seuil ; depuis qu'elle avait blessé son orgueil, elle semblait résignée à toutes les humiliations, pourvu qu'elle écoutât son cœur.

Sans rien regarder, elle alla tout droit s'asseoir au coin de la cheminée où on avait en effet allumé un feu d'enfer.

— Aimez-vous le vin de Champagne ou le vin du Rhin? lui demanda Martial.

— Ni l'un, ni l'autre, je ne bois que de l'eau.

— Vous êtes un bien mauvais convive, hier

vous n'avez rien mangé du tout. Je me souviens pourtant que je vous ai versé à boire et que vous avez bu sérieusement.

— C'était la fièvre.

— Il faut pourtant que vous goûtiez, ne fût-ce que du bout des lèvres, à ces œufs brouillés aux truffes, ou à cette terrine de foie gras.

Mlle d'Armagnac prit une grappe de raisin.

— Je vais croquer ces beaux grains de raisin.

Martial s'était assis contre Jeanne, il prit une grappe de raisin et la lui passa sur la bouche.

— Voulez-vous savoir, reprit-il, comment les Champenois et les Champenoises de mon pays s'y prennent pour savoir si le vin sera bon ? ils égrènent la grappe dans un baiser.

Disant ces mots, M. de Briançon se pencha vers Mlle d'Armaillac et lui fit cette douce violence de l'embrasser tout en mordant la grappe avec elle.

Il lui rappela les vers du poëte :

Nous mordîmes tous deux : la grappe était si blonde !
Si fraîche notre bouche et si blanches nos dents !
Jusques au dernier grain, ô morsure profonde !
Ce grain était de pourpre — et nous avions vingt ans !

Mais Jeanne n'entendait pas les vers. Que lui

importait la poésie des autres, à elle qui était toute
à sa poésie?

Le baiser de Martial était si doux, qu'elle oublia presque sa jalousie; il lui semblait que son
amour avait exorcisé cette chambre, où il ne restait plus un atome de celle qui venait d'en sortir.

Martial, qui eût mangé comme quatre avec
Marguerite, était trop ému lui-même, maintenant, pour avoir bien faim; il mangea quelques
fourchettées d'œufs brouillés et de pâté de foie
d'oie, pour rattraper tout de suite Jeanne qui
avait commencé par le dessert.

— Je prendrai du café, dit Jeanne, quand le
groom apporta un très-joli petit service japonais.

— Voilà bien les femmes, dit Martial, tout pour
les yeux, car qui vous dit que le café sera bon?

— Il sera bon dans cette jolie tasse, dit Jeanne,
en admirant les fines peintures.

— Vous aimez l'art japonais?

— Oui, parce que je suis pour les coloristes.

Non-seulement Jeanne prit une tasse de café,
mais elle s'en versa encore une seconde tasse;
l'éclat du feu, le baiser de Martial, la gaieté du
café l'avaient légèrement grisée.

— C'est bon le café, dit-elle en regardant Martial avec passion.

— Oui, dit-il, je n'ai jamais oublié ce vers
de l'abbé Delille, que j'ai appris au collége :

Je bois dans chaque goutte un rayon de soleil.

— Oh! le beau vers, dit Mlle d'Armaillac ; on
dirait un vers de Victor Hugo.

— C'est vrai ce que vous dites là. En lisant Delille on se demande ce que ce vers est allé faire là.

— Les poëtes sont comme les femmes, ils passent de mode quand ils vieillissent.

— Eh bien ! moi, je n'ai pas besoin de boire du
café, pour boire des rayons de soleil, je n'ai qu'à
vous regarder.

— Vous vous moquez de moi, car je suis venue
ici comme un jour de pluie, les yeux pleins de
larmes.

— Oui, mais vous ne pleurez plus.

Martial parlait par antiphrase, car ce fut à partir de ce moment-là que Jeanne fut prise par
toutes les douleurs : elle était venue se jeter dans
la gueule du loup, elle n'en sortit que meurtrie et
désespérée.

Et pourtant, comme la joie est près du chagrin,
elle fut bien heureuse ce jour-là. Martial n'était
pas un amoureux ordinaire ; il lui avait dit : « Je

t'aime, » avec une douceur irrésistible ; il l'avait enchaînée dans ses bras comme dans des chaînes de roses.

Il l'avait enlevée jusqu'à ce septième ciel d'où on retombe toujours sur la terre pour ne plus voir que les nuées.

Combien, parmi les plus pures qui aiment mieux affronter les nuées, les orages, les tempêtes, que de méditer toujours sous le ciel bleu.

VIII

POURQUOI JEANNE PLEURAIT-ELLE AU COIN DU FEU DE MARTIAL

OURQUOI? Je ne sais. Mlle d'Armaillac était toute échevelée, elle rougissait et pâlissait tour à tour; de temps en temps elle levait la tête pour se voir dans la glace, mais c'est à peine si elle osait se regarder en face. On jugeait à l'égarement de ses yeux qu'elle ne savait pas bien où elle était, ni où elle en était. Les douces quiétudes de l'innocence ne se reflétaient plus par la limpidité du regard. D'un seul pas, elle venait de dépasser ces pures et sereines stations de la jeunesse où on est toute à Dieu, si on n'est pas toute à sa famille, où l'on n'aspire qu'aux horizons d'azur, où l'on ne voit dans l'orage que l'arc-en-ciel. Mais c'en était fait ! les grandes nuées allaient obscurcir le front de Mlle d'Armaillac ; elle touchait aux stations des larmes ; elle pourrait se retourner vers le passé, — le passé un chemin fermé. — On voudrait bien ressaisir tout ce qu'on a perdu en chemin, mais comme Orphée, on n'a pas le droit de retourner sur ses pas.

C'est en vain que les filles de la Bible vont pleurer leur virginité, virginité du cœur, virginité de l'âme, virginité du corps : la robe d'innocence ne se ragrafe pas, la ceinture de Vénus ne se renoue pas, l'auréole de la candeur ne se reconquiert pas.

Mlle d'Armaillac n'avait regardé ni la grandeur de son sacrifice, ni la profondeur de l'abîme : elle s'était jetée éperdument dans l'inconnu, n'écoutant que son cœur, affolée d'amour. Elle savait pourtant bien qu'elle allait tomber de haut, mais elle aurait voulu tomber de plus haut encore, pour prouver à Martial combien elle l'aimait.

Sa passion avait été si rapide qu'elle obéissait au vertige ; elle n'avait pas eu le temps de la regarder par les yeux de sa conscience ; l'amour par surprise est le plus terrible.

Quand les jeunes filles ont le loisir de combattre, quand elles se mettent à l'abri de leur éventail, je veux dire de leur coquetterie, elles ont une cuirasse d'acier; mais dans les premières heures de la passion, elles se jettent elles-mêmes toutes désarmées au-devant du danger.

Voilà peut-être pourquoi Mlle d'Armaillac pleurait au coin du feu de M. de Briançon.

IX

LES DRAMES DU CŒUR

M DE BRIANÇON n'était pas à l'autre coin de la cheminée; il se promenait dans la chambre, presque silencieux, regardant par la fenêtre, regardant Jeanne; il semblait qu'il n'osât pas lui parler.

Il vint se pencher au-dessus d'elle pour lui baiser les cheveux. Elle tressaillit.

— Quelle adorable senteur de foin coupé! dit-il, en soulevant une touffe de beaux cheveux blonds de Mlle d'Armaillac. Il n'y a que les cheveux blonds! Je n'aime que les cheveux blonds!

— Depuis quand? demanda la jeune fille en esquissant un sourire.

— Depuis que je vous ai vue.

Elle souleva le bras pour enlacer la tête de Martial.

— Aimez-moi bien, Martial, car vous êtes pour moi la vie ou la mort.

Martial souleva la jeune fille en lui disant :

— Je t'aime !

Elle redevint silencieuse et il se remit à se promener par la chambre.

— Que diable vais-je faire d'elle ? se demanda-t-il en fronçant le sourcil.

En effet, il ne pouvait pas dire à Jeanne de s'en aller et il ne pouvait pas non plus la garder chez lui, non pas seulement parce que Mlle Marguerite Aumont ferait du tapage, mais parce qu'il croyait trop à ses devoirs d'homme du monde, pour se donner le tort devant l'opinion de vivre, sans le sacrement du mariage, avec une jeune fille qui avait tous les titres — avant de l'aimer — pour devenir une mère de famille.

M. de Briançon permettait bien qu'on l'accusât de vivre à l'aventure, tantôt avec celle-ci, tantôt avec celle-là, parce que les péchés de jeunesse sont à moitié pardonnés; mais afficher une fille du monde, c'était un crime de haute trahison sociale.

Il commençait à reconnaître qu'il était un peu

tard pour faire toutes ces réflexions. Pourquoi n'a-
vait-il pas eu le courage de résister à l'emportement de son ivresse, car c'était de l'ivresse plutôt
que de l'amour? Sa victoire n'était-elle pas plus
belle de prendre Jeanne sur son cœur, de la reconduire vers sa mère et de lui dire : « Je vous
aime, mais ne revenez pas. »

Il pouvait bien encore tenter cette épreuve —
après la lettre — si vous me permettez ce mauvais
mot; mais maintenant que Jeanne n'était plus
digne de l'amour de sa mère, n'allait-elle pas refuser de la revoir, et il le pressentait déjà par quelques paroles échappées à la jeune fille.

D'un autre côté, pouvait-il lui proposer, comme
à une fille galante, de la mener dans un hôtel, ou
de lui louer un appartement, sans compter qu'il
n'était pas riche et que c'était s'engager à perte de
vue.

Comment faire? Il continua à regarder la pendule. Jeanne elle-même savait bien l'heure qu'il
était. Elle se demandait sans cesse ce que pensait
sa mère; sa colère contre elle était tombée; elle en
était bien vite arrivée au repentir. Devant un
« feu d'enfer » elle se rappelait les heures char-
mantes passées à un autre coin du feu, dans de
douces causeries avec Mme d'Armaillac, qui était

insupportable dans la tempête, mais qui était adorable dans le beau temps.

— Il faut que j'écrive à maman, dit-elle tout à
coup à Martial.

Ce fut ce qui brisa la glace.

— Écrire, dit Martial, en s'aventurant, sans bien
savoir ce qu'il allait dire. C'est toujours une bêtise
d'écrire, même quand on a de l'esprit, si vous
m'en croyez, vous irez bien gentiment voir votre
mère...

Jeanne s'était retournée et regardait Martial en
face; il continua, tout en bégayant un peu :

—Vous lui conterez un conte : c'est aujourd'hui
le sermon du père Félix. Et puis il y avait un concert spirituel, je ne sais plus où.

— Après! interrompit Jeanne d'une voix dra-
matiquement brève.

—Après? elle vous prendra dans ses bras et
vous dînerez avec elle.

Jeanne se leva tout debout, presque terrible.

— Après?

— Après! continua Martial, en venánt vers
elle, vous irez ce soir dans le monde avec votre
mère, vous penserez un peu à moi, je vous gar-
derai dans mon cœur jusqu'à demain, à l'heure
où vous viendrez encore déjeuner avec moi.

— Je n'ose pas comprendre, dit Jeanne avec le sourire le plus amer et le plus désolé. Savez-vous pourquoi vous me rejetez dans les bras de ma mère, c'est que je suis déjà un embarras pour vous. Cette demoiselle qui était ici avant moi vous attend peut-être pour aller au bois. sans doute elle dînera avec vous, elle soupera avec vous... et demain matin vous voulez que je la retrouve ici...

Martial voulut interrompre Jeanne, mais elle repoussa sa main et continua :

— Une maîtresse pour la nuit et une maîtresse pour le jour, jusqu'au moment où une troisième viendra chasser ces deux-là.

Mlle d'Armaillac était superbe, le front hautain, les narines mouvantes, les yeux enflammés, les lèvres indignées, la gorge émue.

Jamais Mlle Rachel, dans les fureurs de Phèdre, n'avait si bien exprimé la passion irritée.

— Allons, allons, ma belle emportée, dit M. de Briançon, ne prenez pas les choses au tragique ! je veux tout arranger et vous croyez que je veux tout briser ; vous êtes maîtresse de mon sort, ordonnez et j'obéirai.

Une femme n'obéit jamais qu'à elle-même ; le grand art en amour, c'est de lui donner l'inspira-

5.

tion; dès que Jeanne ne fut plus conseillée par Martial, elle se conseilla elle-même.

Et bientôt elle retomba dans ses bras esclave de son amour.

— Oui, dit-elle tout à coup, comme si l'idée venait d'elle-même, j'irai voir ma mère.

Et regardant Martial d'un œil qui l'interrogeait :

— Et si je n'allais plus revenir?

— Ah! cette fois c'est moi qui vous enleverais! Essayez un peu pour voir si je vous aime? Vous voudriez bien être prise au mot. Vous ne savez donc pas que je ne pourrais plus vivre une heure sans vous!

M. de Briançon respirait; une averse de baisers tomba sur les cheveux, sur les joues, sur les yeux et sur les lèvres de Mlle d'Armaillac.

— Vois-tu, murmura-t-il, je ne sais bien dire que cela.

— Et moi, ajouta Jeanne d'une voix mourante, je ne sais bien entendre que cela.

X

AINSI VA LE MONDE

Mademoiselle d'Armaillac retourna donc chez sa mère ; il était quatre heures quand elle sonna à la porte de l'appartement.

— Ah! mademoiselle, dit la femme de chambre en ouvrant la porte, si vous saviez comme madame a pleuré et comme elle va être heureuse de vous revoir !

En effet, à peine cette fille eut-elle dit ces mots, que Mme d'Armaillac, qui était aux écoutes depuis le matin, vint comme une folle au-devant de sa fille.

— C'est toi ! s'écria-t-elle avec une joie bruyante. Et elle l'embrassa mille fois tout en l'accusant.

— Ah! ma chère Jeanne, ne te défends pas,

c'est moi qui ai eu tort. Que veux-tu, je ne suis pas maîtresse de moi ; on fait le bonheur des gens en leur faisant beaucoup de mal : j'ai trop voulu que ce mariage se fît à toute vapeur. Et puis après tout, je ne te mettrai plus le couteau sur la gorge.

Jeanne n'en revenait pas de trouver sa mère si charmante dans son effusion ; elle l'embrassait elle-même tout en lui disant] que ces nuages n'é-taient rien dans son amour pour elle.

— Tu sais, reprit la mère, je mets toujours tout aux extrêmes : on parle tant de suicide dans les journaux, que je m'imaginais — le croiras-tu ? — que tu avais eu la folie cruelle de vouloir me punir mortellement. Oui, j'en serais morte !

— Qui sait, pensa Jeanne, si je n'en mourrai pas ?

— Et qu'as-tu fait de ta journée ? reprit la mère, qui était à mille lieues de mettre en doute la vertu de sa fille.

Jeanne n'avait jamais menti, du moins sérieu-sement. Sa figure s'empourpra ; elle avait eu beau préparer une histoire, elle ne put répondre d'un air dégagé. Elle parla d'une visite lointaine à une de ses amies.

— Mais je te conterai plus tard ma journée. Et toi, qu'as-tu fait ?

—Moi, je t'ai attendue pour déjeuner, sans bien comprendre pourquoi tu étais partie; je me suis mise à table, j'ai mangé une grappe de raisin, j'ai bu une tasse de thé, après quoi je suis montée en voiture pour courir après toi; mais où courir? Je suis allée chez la duchesse, chez Mme de Tramont, chez ton amie Angèle; naturellement, je n'ai dit nulle part que je te cherchais.

A cet instant, on sonna. Mme de Tramont entra bruyamment selon sa coutume.

— Ah! mes amies, quel tohu-bohu au bord du lac! Décidément il y a trop de gens qui vont là sans y être invités. Si j'étais le préfet de police, je ferais pour les voitures de ces demoiselles ce qu'il a fait pour les omnibus des Champs-Élysées : Je les condamnerais à passer par un autre chemin. C'est un scandale. Ainsi, pendant que nous allions comme des tortues, je me suis cognée à la voiture de cette demoiselle Marguerite Aumont, la maîtresse de notre ami Briançon. Je lui en ferai ce soir mon compliment. Cette dame m'a lorgnée absolument comme elle eût fait à une de ses pareilles.

—Est-ce qu'elle est jolie? demanda Jeanne d'un air distrait et sans avoir l'air d'attendre une réponse.

— Si elle est jolie ! mais très-jolie. Voilà pourquoi on pardonne à M. de Briançon d'être si fou. Après cela, ce n'est pas lui qui lui paye ses chevaux ni ses diamants ; c'est une femme en commandite.

— Que lui paye-t-il ? demanda Mme d'Armaillac.

— Il paraît qu'il lui paye la table et le logement. C'est encore fort joli, car ces filles-là tiennent tant de place et sont si gourmandes.

Jeanne qui avait peur de dîner en tête-à-tête avec sa mère, voulut retenir Mme de Tramont qui faisait toujours des visites sur le seuil, tant elle avait hâte d'aller caqueter ailleurs.

— Vous êtes entre vous ? dit-elle.

— Oui, répondit Mme d'Armaillac, et je vous offrirai un faisan doré de la chasse de Chantilly.

— Ah ! oui, vous êtes orléanistes depuis le 4 septembre ; moi, je suis de toutes les opinions, voilà pourquoi je veux bien manger une aile de votre faisan. Envoyez dire à mon cocher qu'il me reprendra à neuf heures.

Le dîner fut gai, parce que Mme de Tramont a toujours le diable au corps.

A neuf heures elle emmena Jeanne avec elle en

disant à sa mère qu'elle la renverrait dans son
coupé avant onze heures et demie.

Elle voulait que Mlle d'Armaillac servît le thé
chez elle. Elle devait avoir trois ou quatre amis
tout à fait intimes, peut-être un prince russe
qui pouvait avoir l'idée d'épouser une fille à
marier.

— Et certes, dit-elle, Jeanne aurait plus l'air
princesse qu'il n'a l'air prince.

Mlle d'Armaillac accompagna donc Mme de Tramont. Sa mère resta au logis, car elle ne voulait
plus faire sa figure pour si peu. Elle n'allait plus
dans le monde que par les grandes occasions.

Le prince russe fut de la petite fête; il fit deux
doigts de cour à Jeanne, qui joua de l'éventail
sans s'amuser beaucoup à ce jeu, car elle ne perdait pas de vue M. de Briançon. Où est-il? Que
fait-il? Pense-t-il à moi? Comme elle servait le
thé avec sa grâce un peu hautaine, on annonça
M. de Briançon. Il avait une heure à perdre;
Mme de Tramont était sur sa route, il s'amusait
toujours à aiguiser des mots avec elle.

— Par Dieu! dit-elle en le voyant apparaître,
j'étais bien sûre que vous viendriez ce soir.

— Pourquoi donc?

— Par la force des affinités ou du magnétisme

ou des atomes crochus : Mlle d'Armaillac est venue, vous deviez venir.

Pendant que Jeanne renversait du thé sur la
nappe, Martial se demanda sérieusement si elle
ne s'était pas un peu confessée à la maîtresse de la
maison.

Une minute après le prince russe aurait pu lui
dire : — Monsieur, retirez-vous de mon soleil, —
car il avait accaparé Jeanne tout en prenant les
airs d'un homme qui la connaît à peine.

— Oh! que je suis heureux de vous revoir! lui
dit-il en lui donnant deux baisers avec ses deux
yeux, ce à quoi elle répondit par deux regards humides.

— Savez-vous à quoi je pense? lui dit-elle.

— Qui sait! peut-être à moi.

— C'est sous-entendu, mais je pense à ceci qu'il
est étrange, après le chemin que j'ai fait aujour-
d'hui, que je me trouve ici ce soir comme si de
rien n'était. Je me demande si c'est un rêve. Quoi!
je suis votre maîtresse et tout le monde me salue
et me parle avec respect. Ce qui va vous surprendre, c'est que j'en suis choquée. Où est donc la
punition?

— Mais le monde est plèin de ces choses-là.
Vous croyez-vous donc moins digne d'admiration

que la plupart des femmes adultères qui se pavanent dans les plus beaux salons?

— Je me crois toute aussi digne de pitié que ces femmes-là; mais voyez-vous, Martial, ce qui me désespère, c'est que le monde a beau m'estimer encore, j'ai perdu l'estime de moi-même. Si je n'étais pas dans l'ivresse de votre amour, je me regarderais avec horreur.

— Vous savez que je vous adore, que je n'ai aimé que vous, que je n'aimerai que vous.

Martial parlait en ce moment-là en toute sincérité. Cette rencontre imprévue l'avait remué profondément; les airs amoureux du prince russe éveillaient sa jalousie. Et puis Jeanne était si belle, Jeanne était si fière, Jeanne était si majestueuse! N'était-ce pas un triomphe éclatant? Il savourait mystérieusement son bonheur.

— J'ai eu de vos nouvelles, lui dit Mlle d'Armaillac.

— Qui donc m'a rencontré?

— Ce n'est pas vous qu'on a rencontré, c'est une demoiselle Marguerite Aumont qui faisait du tapage au bois. Il paraît que ce n'était pas avec vos chevaux; mais Mme de Tramont m'a dit que c'était vous qui lui donniez — la table — et le logement.

— Quelle calomnie !

— Non, c'est la vérité.

.Et le regardant avec une expression de profond amour :

— Et c'est cette vérité-là qui me tuera.

Mme de Tramont regardait alors Jeanne et Martial.

— Que se disent-ils donc de si sérieux ? Voilà Jeanne qui en est toute pâle.

XI

L'AMOUR DE L'ABÎME

O N se dit adieu, comme si l'on ne devait se revoir de longtemps, quoiqu'il fût bien décidé qu'on se reverrait le lendemain matin.

Mlle d'Armaillac demeura bientôt seule avec Mme de Tramont qui lui conseilla fort de ne pas se laisser prendre aux piperies du beau Martial.

— Voyez-vous, ma chère petite, le prince russe en tient pour vous; vous êtes née princesse, c'est de ce côté-là qu'il faut jouer de l'éventail; ces messieurs ne croient pas se mésallier quand ils épousent des comédiennes; témoin le prince Koutchoubey, qui a donné son nom à la belle Alix Bressant. Il est donc bien naturel que celui-ci épouse une fille comme vous.

Jeanne se rapprocha du feu, comme si elle eût senti sur ses épaules les neiges de la Russie.

— Le prince est charmant, dit-elle, mais je ne veux pas m'expatrier.

— Eh! ma chère petite, la vraie patrie des Russes, c'est Paris; demandez à Basilewski pourquoi il a son musée rue Blanche.

— Nul n'échappe à sa destinée. Je n'ai pas la prétention d'avoir une étoile, mais je crois que j'aurai beau faire, je serai forcée d'obéir à ce qui est écrit là-haut.

— Prenez garde! c'est la raison des indolentes qui se soumettent au courant de la vie. Avec ces idées-là, on finit par se laisser enlever, tout en disant : — c'est écrit là-haut!

— Pensez-y bien, ma chère petite.

Ma chère petite était un non-sens comique, puisque Mme de Tramont était petite, et que Mlle d'Armaillac était grande.

Le coupé de Mme de Tramont attendait Jeanne pour la reconduire chez sa mère; elle embrassa sa belle amie et lui promit de venir dîner avec elle le lendemain.

Quand elle mit sa bottine sur le marchepied, le cocher lui demanda si elle allait chez Mme d'Armaillac.

— Oui, lui dit-elle. Et après un silence d'une seconde : — Vous passerez par la rue du Cirque.

Le cocher fit remarquer, en homme qui sait sa géographie parisienne, que ce n'était pas précisément le chemin. Mais il obéit.

Pourquoi Mlle d'Armaillac voulait-elle passer rue du Cirque ? Est-ce qu'elle allait se hasarder à faire une visite nocturne à M. de Briançon ? voulait-elle le troubler dans un tête-à-tête avec Mlle Marguerite Aumont ?

— Je suis folle, se dit-elle en se nichant dans le coupé ; comment ai-je osé dire au cocher de passer par là ? s'il allait raconter par quel chemin il m'a conduite chez ma mère ?

Elle pensa que c'était d'autant plus absurde, que sans doute Martial ne l'avait pas quittée pour rentrer tout droit chez lui ; il ne se couchait jamais qu'à deux heures du matin, et il n'avait pas l'habitude de lire la *Vie des Saints.*

Le cocher passa si rapide devant la maison de M. de Briançon, que Jeanne eut à peine le temps de la saluer au passage. A deux maisons de là, elle croisa un coupé ; dans ce coupé il y avait une femme ; le coupé s'arrêta à la porte de Martial.

— C'est sa maîtresse, dit Jeanne après avoir penché la tête un peu plus.

Elle fut sur le point de dire au cocher d'arrêter; tous les démons de la jalousie s'emparèrent
de son cœur.

— C'est l'enfer ! murmura-t-elle.

En rentrant, elle alla dire bonsoir à sa mère qui
était couchée ; elle croyait apaiser son cœur ; mais
elle passa une horrible nuit, comme la veille. Ce
ne fut que vers le matin qu'elle tomba dans un
demi-sommeil , avec toutes les hallucinations de
la fièvre. Elle priait Dieu et se jurait à elle-même
de ne plus revoir M. de Briançon. « Non , disait-
elle, je ne le reverrai plus ; c'est un homme d'honneur, il oubliera ce qui s'est passé. » Et appuyant
ses ongles sur son cœur : « Mais moi je n'oublierai
pas. »

Et bientôt, saisie par le désespoir : « Est-ce que
je puis arracher cet amour de mon cœur? »

A dix heures elle s'habilla, elle se fit belle , elle
prit son sourire et courut chez Martial. Elle n'eût
eu garde de passer par la chambre de sa mère. En
sonnant à la porte de Martial, elle se promit de ne
pas entrer, s'il y avait quelqu'un ; elle ferait demander M. de Briançon, elle ne lui dirait qu'un
seul mot — adieu. — Sans doute il s'efforcerait de
la retenir, mais elle l'accablerait de son mépris
pour une telle trahison.

Le petit nègre vint ouvrir; il sourit en voyant Jeanne, comme à une amie de la maison.

— S'il y a quelqu'un, dit-elle, je n'entre pas,

— Nous sommes seuls, dit le négrillon; M. le comte vous attend.

Mlle d'Armaillac respira et passa le seuil; Martial vint au-devant d'elle et la prit dans ses bras, comme après une longue absence.

— Il y a un siècle que je ne vous ai vue, dit-il en l'embrassant. — Pas tout à fait, mais il y a près de douze heures.

Ce fut la seconde édition. On déjeuna plus gaiement que la veille; cette fois il n'y avait pas les joies de l'imprévu, mais il y eut les joies mieux savourées des heures déjà connues. Jeanne ne sentait plus Marguerite Aumont si près, Martial reconnaissait qu'il n'avait jamais aimé des lèvres, sinon du cœur, une aussi belle créature que Mlle d'Armaillac. Il la dominait par l'amour qu'elle avait pour lui, mais il se sentait dominé par elle-même. Il ne s'expliquait plus comment il avait osé la veille brusquer l'aventure; il lui semblait que c'était un rêve; était-il possible qu'il eût triomphé de cette fille hautaine comme de la première venue?

Dix jours durant, Jeanne alla à la même heure

chez Martial. Il lui fallut mentir dix fois à sa
mère ; il lui fallut prendre une demi-confidente
qui servît de paratonnerre ; c'était une ancienne
amie de Jeanne, passionnée pour la musique :
Mlle Angèle Harry, une Américaine bien connue.
Jeanne, mauvaise musicienne, faisait le désespoir
de sa mère ; elle lui dit qu'elle était en belle fureur
musicale, et qu'elle prenait des leçons tous les
matins chez son amie, où elle déjeunait pour faire
un entr'acte. On sait déjà que Mme d'Armaillac ne
sortait presque jamais. Jeanne ne craignait donc
pas que sa mère vînt pour la surprendre chez son
amie.

Elle n'espérait pas d'ailleurs que cette belle
existence pouvait durer : elle se promettait tous
les matins de parler sérieusement à Martial, c'est-
à-dire de lui offrir sa main ; mais elle aurait
voulu que l'idée vînt de son amant. Or, Martial
parlait beaucoup amour, mais pas du tout mariage.

Enfin, un jour, c'était le dixième jour, Mlle d'Armaillac osa aborder ce chapitre délicat.

— J'y ai bien pensé, dit Martial, mais comment
marier deux misères dorées ? car nous n'avons de
fortune ni l'un ni l'autre. Je suis secrétaire d'ambassade, avec 1,800 francs d'appointements ; votre

mère ne doit vous donner en dot que des diamants :
quelle figure ferions-nous à travers le luxe inouï
des gens à la mode ?

— Le luxe, pour moi, dit tristement Jeanne,
c'est l'amour ; est-ce que vous croyez que j'ambi-
tionne les huit ressorts et les robes à queue ? Mes
diamants, je les vendrai ; le bonheur, croyez-moi,
ne va jamais à quatre chevaux.

— Il ne va pas non plus en fiacre, dit Martial.

Jeanne, qui avait sa main dans la main de son
amant, la retira avec une soudaine indignation.

— Que vous prend-il ? demanda Martial.

— Je ne me pardonne pas, répondit-elle, de descendre jusqu'à discuter avec vous ; si vous m'ai-
miez, vous seriez déjà chez ma mère, pour lui demander ma main ; mais il faut que je tombe de
désillusions en désillusions.

Jeanne avait tout à fait changé de physionomie.

Elle regarda Martial, comme si elle attendait de
lui le dernier mot de sa destinée.

— Vous savez bien que je vous aime, Jeanne ;
c'est parce que je vous aime que je ne veux pas
faire votre malheur ; c'est parce que je ne veux
pas faire votre malheur que je ne veux pas vous
épouser.

Un sourire amer se dessina sur la bouche de Mlle d'Armaillac.

— En vérité, monsieur, vous êtes trop bon ; je ne vous avais pas compris jusqu'ici : je vous ai arraché pour quelques heures à vos belles habitudes de la vie parisienne...

Le comte de Briançon reprit la main de Mlle d'Armaillac.

Mais elle se leva et mit son chapeau.

— Adieu, monsieur, oubliez, j'oublierai...

Martial tenta tout pour retenir la jeune fille, il lui fit même de vagues promesses d'épousailles ; mais elle était montée sur ses grands chevaux, elle s'enfuit en toute hâte.

— J'ai dit que j'oublierais, murmura-t-elle quand elle fut dans la rue. Oublier ! oui, j'oublierai dans le tombeau.

Ce jour-là, sa mère devait la conduire chez Mme d'Arfeuil, qui donnait une comédie de paravent.

— Je me vengerai, reprit Jeanne ; M. Delamare sera chez Mme d'Arfeuil, je lui dirai que je l'aime.

Elle comprit que c'était se venger contre elle-même.

Le soir, quand elle fut tout habillée pour accompagner sa mère, elle eut un évanouissement.

Sa force la trahissait, elle tombait sous les émotions de la journée. Elle se remit bientôt, mais
elle supplia sa mère d'aller seule à cette comédie.

Quand Mme d'Armaillac fut partie, Jeanne se
coucha et prit un roman; mais sa chemise de
nuit était la robe de Déjanire; les flammes de la
jalousie la brûlaient vive; elle s'étonnait que Martial ne lui eût pas écrit. Était-il possible qu'il fût
si calme devant une si brusque séparation? comment ne l'avait-il pas retenue de force? comment
ne l'avait-il pas suivie jusque dans l'escalier?

— Oh! il ne m'aime pas, soupira-t-elle. Il est
tout à cette fille; je n'étais qu'un embarras pour
lui; et moi, malgré tous ses torts, malgré ma fierté
blessée, malgré ma colère, je sens que je l'aime à en
mourir. Il a pris ma vie, il est lui-même ma vie.

Elle descendit de son lit et alla ouvrir un tiroir
à secret de son secrétaire, où elle remua des perles.

— Oh! mes chères perles, dit-elle en pâlissant,
c'est vous qui me consolerez de tout!

A cet instant, son œil égaré s'arrêta sur le portrait de son père.

— O mon père! dit-elle en joignant les mains,
je suis une d'Armaillac et j'ai trahi ce beau nom!

XII

LES HEURES DE FOLIE AMOUREUSE

EANNE se retourna vingt fois dans son lit, sans pouvoir calmer son front volcanisé, sans pouvoir apaiser les battements de son cœur.

Elle se pencha vers la pendule : il était onze heures, elle se jeta en bas du lit et s'habilla en toute hâte. Elle remit la robe qu'elle venait de quitter, afin de pouvoir dire à sa mère qu'elle avait voulu la rejoindre pour la comédie.

Mais ce n'était pas là qu'elle voulait aller, elle courut rue du Cirque, toujours rue du Cirque, décidée à tout, même à faire un éclat. Arrivée à la maison de Martial, elle monta l'escalier sans parler au portier. Le petit groom, qui jouait aux cartes dans la loge, je veux dire dans le salon, la suivit dans l'escalier et lui dit que M. le comte n'y était pas.

— Je veux l'attendre, ouvrez-moi la porte.

Le négrillon obéit.

Le froid était vif, elle grelottait, elle fut contente de voir du feu.

— A quelle heure rentrera M. de Briançon?

— Est-ce qu'il le sait lui-même?

Le groom disait cela d'un air quasi philosophe, il semblait qu'il eût envie de prêcher son maître, comme les anciens valets de comédie.

— Et cette demoiselle, dit Jeanne, viendra-t-elle avant lui?

— Je ne suis pas dans leur confidence.

— Elle vient tous les soirs?

— Oh! non. Elle ne vient que quand elle a peur chez elle.

— Elle est venue hier?

— Je ne me souviens pas.

Mlle d'Armaillac trouva indigne d'elle d'interroger le négrillon.

— C'est bien, lui dit-elle en le renvoyant du geste, je vais attendre un quart d'heure.

Le négrillon murmura entre ses dents :

— Si M. le comte rentre avec l'autre, voilà qui promet.

6.

Dans son aveuglement, Mlle d'Armaillac avait
mis de côté toute dignité, mais une fois chez Martial elle eut honte d'elle-même.

— Quoi ! s'écria-t-elle, je me suis humiliée jusqu'à revenir ici.

Dès qu'elle fut seule, Jeanne interrogea les
meubles, ces muets témoins de toutes choses,
qui ont aussi leur physionomie indiscrète. Par
exemple, dans une coupe qui était sur la cheminée, Jeanne remarqua un médaillon qui n'y était
pas la veille. Elle le saisit, l'ouvrit et y trouva
un portrait. Naturellement c'était le portrait
de Martial. Marguerite Aumont avait trop d'habitude des choses pour laisser chez son amant
un médaillon qui renfermerait le portrait d'un
autre.

— Quand je pense, dit Jeanne en jetant le médaillon au feu, que ce portrait a été pendu au cou
de cette fille.

Marguerite Aumont avait laissé d'autres traces
de son retour dans la chambre. Sur la table, un
roman était ouvert, ayant pour signet une épingle
à cheveux; sur une console, sous une glace de
Venise, était un bouquet de fleurs artificielles,
bluets et coquelicots, que la demoiselle avait re-
jeté en se coiffant.

Le roman et le bouquet allèrent retrouver le médaillon dans les flammes.

Cependant Martial ne rentrait pas.

Jeanne ne voulait pas que sa mère lui demandât compte de son temps. Elle pouvait bien être sortie pour la rejoindre; elle pouvait bien encore dire qu'une fois à la porte elle ne s'était décidée à entrer dans la crainte d'être trop pâle; mais toute cette équipée ne pouvait guère durer plus d'une demi-heure; aussi se elle décida à retourner chez elle.

En passant dans la salle à manger, elle avisa le groom qui sommeillait déjà.

— Mon enfant, lui dit-elle, si tu me jures le secret, je te donnerai ces jours-ci cinq louis; il ne faut pas que M. de Briançon sache que je suis venue ici en son absence.

Le négrillon jura ses grands dieux.

Elle rentra même avant sa mère; elle retrouva son lit qui ne lui fut pas plus doux qu'une heure auparavant.

Le lendemain, au déjeuner, elle dit à Mme d'Armaillac :

— Maman, s'en est fait je suis décidée à tout. Si M. Delamare veut m'épouser, je lui donne ma main.

— Et ton cœur? lui demanda sa mère en l'interrogeant du regard.

— Mon cœur, dit-elle, je ne connais pas cela.

Mais, pendant qu'elle parlait, le cœur lui battait à tout rompre.

— Pauvre fille que je suis! murmura-t-elle, je parle de mariage et je me sens morte!

XIII

OU L'ON VOIT DANSER MADEMOISELLE D'ARMAILLAC

ADAME d'Armaillac était de celles qui croient que tout s'arrange, même sans qu'on y travaille. Elle trouva donc tout naturel que sa fille revînt à M. Delamare, parce que, selon elle, c'était dans la force des choses.

Elle disait que la société moderne ayant supprimé les mariages d'inclination parce que deux et deux font quatre, il n'y avait plus que des mariages de raison.

Elle fit avertir le jeune magistrat, qui ne désespérait pas encore, parce qu'il avait pour lui la famille. Il vint dans la maison le lendemain, il fut invité à y dîner avec l'oncle de Jeanne.

On causa politique et littérature. M. Delamare
ennuya fort Mlle d'Armaillac, quoiqu'elle recon-
nût qu'il ne parlait pas plus mal qu'un autre ; seulement il s'était cuirassé dans une vieille moralité
qui lui faisait prononcer çà et là des sentences
comme M. Prudhomme. C'était au point qu'on
se demandait s'il parlait sérieusement. Il s'était
d'ailleurs façonné à l'esprit moderne. Si l'amour
de la robe noire ne l'eût pris au sortir du lycée,
nul doute qu'il ne fût devenu un homme très-
agréable.

Une fois reçu dans la maison, il démasqua
toutes ses batteries : il fit entrevoir à Jeanne le
bonheur futur, tel qu'il le voyait à travers son ambition. Jeanne n'écoutait qu'à demi. Il lui eût ouvert le paradis perdu qu'elle eût trouvé le paradis
fort ennuyeux, à la condition de l'habiter avec
lui. Qu'était-ce donc pour cette fille désillusionnée
que l'idéal d'un magistrat qui commence par la
vie de province ? Mais Mlle d'Armaillac eut la
force de laisser croire à M. Delamare que son horizon était le sien.

Les choses marchèrent vite. L'oncle, qui pourtant n'était pas riche, mit 50,000 francs sur les
diamants que donnait la mère.

Au contrat de mariage, on donna un thé aux

amis intimes de la maison. On dansa au piano.
Mme de Tramont qui était là demanda à Jeanne
pourquoi elle avait des yeux égarés.

— Je ne sais pas, répondit-elle avec un sourire
étrange; on me dit qu'il faut danser, je danse!

Mme de Tramont se pencha à l'oreille d'une de
ses amies.

— En voilà une qui n'y va pas gaiement.

Mme de Tramont n'avait jamais été pour ce mariage. Elle ne doutait pas qu'une fille bien née
comme Jeanne, belle de toutes les beautés, ne
dût trouver un prince Charmant ou un prince
quelconque, comme son ami le prince russe, qui
n'avait dit ni oui ni non.

Deux courants se disputaient l'esprit de Jeanne.
Le premier, plus impétueux, la rejetait toujours
haletante et brisée vers M. de Briançon; c'était la
révolte, c'était la passion. Le second, plus doux,
la ramenait dans les bras de sa mère. C'était la
résignation, c'était le sacrifice.

Vers la fin de la soirée, Mme de Tramont dit
brusquement à Jeanne :

— Avez-vous lancé vos invitations ?

— Cela regarde ma mère, répondit la jeune
fille.

— N'oubliez pas mes amis : le prince russe et

M. de Briançon, car tous les deux m'ont parlé de
vous hier.

— Et que vous ont-ils dit?

— Le prince est désespéré, mais il sera heureux
de votre bonheur.

— Il est bien bon.

Jeanne écoutait avec anxiété, espérant que Mme de
Tramont allait lui parler de Martial.

— Quant à Martial, ma chère, il m'a dit qu'il
voudrait bien être à la place de votre fiancé, mais
qu'il n'avait pas les vertus d'un mari; il aime trop
toutes les femmes pour en aimer une seule.

— Ainsi mon mariage ne l'a pas surpris du
tout?

— Oh! mon Dieu non. Je crois, entre nous,
que si vous aviez eu 500,000 francs de dot, celui-là vous eût demandé votre main; que voulez-
vous, il n'y a plus aujourd'hui que des questions
d'argent.

— O mon cœur! dit Jeanne en se détournant
de Mme de Tramont pour lui cacher sa pâleur.

XIV

DIEU ET SATAN

L E négrillon ne manqua pas de trahir le secret; quand son maître rentra vers une
heure du matin, accompagné de Marguerite Aumont, il lui fit signe qu'il avait quelque chose de
mystérieux à lui dire.

— Voyons, parle, lui dit Martial, pendant que
sa maîtresse passait dans la chambre à coucher.

— C'est un secret, monsieur le comte, on m'a
fait jurer sur ma part du paradis que je ne dirais
rien.

Martial ne doutait pas que ce secret ne touchât
Mlle d'Armaillac.

— Parle donc, reprit-il avec impatience.

— La dame est revenue, continua le négrillon;

7

elle est restée ici un quart d'heure, elle a jeté au
feu tout ce qu'elle a trouvé sous sa main, aussi il
ne faut pas m'accuser.

En trahissant le secret de Jeanne, le négrillon
risquait de perdre son âme, puisqu'il avait juré
sur son âme; mais il aimait mieux sauver sa
place que son âme.

— Qu'a-t-elle donc jeté au feu ? demanda Martial avec une vive curiosité.

— Je n'ai pas bien vu, parce que je regardais
par le trou de la serrure; mais j'ai pourtant remarqué qu'elle a jeté au feu un livre, un bouquet et un médaillon. Aussi, dès qu'elle a été partie, j'ai sauvé ce que j'ai pu; mais, de grâce,
monsieur le comte, ne lui dites pas que je vous ai
tout confié, car elle a des yeux terribles, et j'ai
peur qu'elle ne me batte.

Le négrillon n'avoua pas qu'il espérait cinq
louis.

Martial écrivit ce billet à Mlle d'Armaillac.

« Je vous espérais toujours, mais vous ne savez
plus le chemin de ma maison. Je ne me console
pas à l'idée de vous perdre à jamais.

« Avez-vous pu vous imaginer que vous n'êtes
pas toujours dans mon cœur? Puis-je vous ou-

blier un seul instant, après les heures inespérées
que j'ai passées avec vous?

« Ce sera le souvenir de toute ma vie. De grâce,
Jeanne, revenez, ne fût-ce qu'une fois, ne fût-ce
que pour me dire adieu.

« Mon cœur vous attend, mon âme vous attend,
mes bras vous attendent...

« MARTIAL. »

— Que faites-vous donc là? s'écria Marguerite
Aumont à M. de Briançon, car elle était déjà couchée.

— C'est une affaire d'argent, ma chère, répondit-il. J'écris ce soir pour n'y plus penser.

Disant ces mots, il cacheta la lettre et la remit
au négrillon.

— Va vite te coucher, lui dit-il à mi-voix; demain matin, à sept heures et demie précises, tu
seras devant l'église Saint-Augustin, tu verras
passer cette dame, elle va à la messe de huit heures; tu lui remettras cette lettre si elle est seule,
même si elle est avec sa femme de chambre.

Martial savait que le dimanche Jeanne allait à
la messe de huit heures à Saint-Augustin.

Le négrillon pensa que c'était bien son affaire,

car sans doute la dame n'oublierait pas de lui remettre les cinq louis.

Il comptait sans son hôte. Le lendemain, il vit
passer Mlle d'Armaillac; il courut à elle, mais elle
prit la lettre et se contenta de le remercier par un
signe de tête.

Ce fut dans l'église, sur son livre de messe, que
Jeanne lut cette lettre satanique. Elle avait pâli
aux premiers mots, elle rougit aux derniers.

Quoique ce billet fût d'un homme plus passionné qu'amoureux, elle se sentit un instant reprise à toutes les ivresses.

— Qui sait! dit-elle, si je voulais bien je chas-
serais cette fille qui retient Martial à cette vie de
désœuvrement. Il m'aime, et il n'ose en finir avec
elle.

Mais peu à peu le voile se déchira; elle s'avoua
que l'amour de Martial était l'amour des lèvres et
non l'amour de l'âme, l'amour qui vit de voluptés
et non l'amour qui vit de sacrifices.

Ce fut la vue du Christ qui lui montra la vérité; en contemplant le fils de Dieu, qui n'était
arrivé au ciel qu'après toutes les stations de la
croix, qu'après tous les héroïsmes de la douleur,
trahi, flagellé, couronné d'épines, elle murmura :

— Moi, je me sentais capable de passer par ce

chemin-là pour arriver à Martial, parce que je l'aimais jusqu'à la profanation et jusqu'au blasphème; mais lui, qui ne m'a pas seulement sacrifié cette fille !

Mlle d'Armaillac jeta son âme vers Dieu avec une religieuse effusion.

— O mon Dieu! mon Dieu! sauvez-moi de cet homme, dit-elle en cachant ses larmes dans son livre de messe.

XV

LE VA-ET-VIENT DU CŒUR

QUAND Jeanne fut rentrée dans sa chambre, elle se mit tout de suite devant un petit bureau en laque de Chine, pour écrire à Martial.

« Vous voulez un adieu, Martial. Je suis en vérité bien surprise de voir que vous vous êtes souvenu de moi, puisque mon devoir est de vous oublier, puisque votre devoir est de rayer mon nom du livre de votre vie. »

Ici Mlle d'Armaillac laissa tomber sa plume.

— Voilà que je fais des phrases, dit-elle.

Elle pensa que ce qu'il y avait de plus éloquent, c'était encore le silence; mais les femmes ne comprennent pas assez cette éloquence-là : les tourments du cœur les forcent à tourmenter la plume. Jeanne continua donc.

« Pourquoi venir vous jeter à la traverse et me décourager quand je veux bien faire? Votre cœur est méchant et n'aime que le mal. Vous vous imaginez que des bouffées de passion sont des expressions de l'amour; mais, grâce à Dieu, je ne suis plus aveugle : toutes vos paroles dorées n'y feront rien.

« Adieu donc, puisque vous voulez un adieu; brûlez cette lettre, il faut que dans la cendre de cette lettre s'éteigne le souvenir de ce roman commencé, auquel je ne crois plus. Avec votre méchant cœur, vous êtes trop galant homme pour que je sois jamais forcée, dans le monde où nous nous rencontrerons, de m'incliner sous votre salut... ou de dire que je ne vous connais pas... »

Quand Mlle d'Armaillac eut écrit ces derniers mots :

— A quoi bon? dit-elle, comprenant que le silence était la seule réponse.

M. Martial de Briançon fut ce jour-là, plus que jamais, amoureux de Jeanne, parce qu'elle n'alla pas chez lui et parce qu'elle ne lui écrivit pas; il l'attendit d'abord avec quelque fatuité, convaincu qu'elle obéirait à sa volonté amoureuse; peu à peu il s'impatienta et il prit la fièvre.

A deux heures, il n'avait pas déjeuné, atten-

dant toujours Mlle d'Armaillac, regardant sa place
à table. Il finit par déjeuner seul, ne désespé-
rant pas qu'elle n'arrivât. Le souvenir de Mlle d'Armaillac lui revenait avec un charme plus péné-
trant. Jusque-là ce n'était qu'une passion à fleur
de peau ; il sentit pour la première fois qu'il l'aimait profondément : elle n'avait pas vainement
passé si près de lui avec toutes ses flammes sans
le brûler un peu.

— Je n'ai pas même un portrait d'elle, dit-il,
en cherchant à se rappeler toute la magie de cette
beauté altière, adoucie par l'amour.

Pour la première fois, il lui fit un sacrifice : il
y avait sur la cheminée une photographie de
sa maîtresse ; il la prit, la déchira et la jeta au
feu.

— Quoi ! reprit-il, elle ne viendrait plus ici ?
Quoi ! cet amour à peine commencé serait déjà
fini ? Quoi ! j'avais le bonheur sous la main, et je
l'ai brisé comme par un jeu d'enfant ?

C'est en vain qu'il allait jusqu'à l'antichambre,
c'est en vain qu'il se penchait au balcon, Jeanne
ne venait pas.

Il se passa huit jours. Le temps ne calma point
son cœur ; chaque heure le détachait de Marguerite et l'attachait au souvenir de Jeanne. Les dis-

tractions n'y faisaient rien. Cette belle image allumait son âme.

Dans cette atmosphère troublée où il vivait, il lui était doux de se retourner vers Jeanne, avec je ne sais quelles virginales aspirations. Il avait commencé la vie par l'orage, il aimait à lever les yeux par delà l'arc-en-ciel dans l'espace azuré. Il lui semblait se voir dans l'aurore de la jeunesse lumineuse de Jeanne ; ce qu'il ne trouvait pas chez Marguerite, il le trouvait chez cette jeune fille qui n'avait encore aimé que lui ; c'est en vain qu'il se disait qu'on n'aime qu'une femme à la fois, il s'avouait en secret qu'il les aimait toutes les deux. C'était comme un concert idéal où le violon alternait avec le violoncelle. Il croyait d'ailleurs n'aimer pas profondément ; mais, dès qu'il descendait en lui-même, il reconnaissait qu'il était impérieusement dominé par ces deux figures symbolisant les deux amours. Il voulait quitter l'une pour l'autre, mais il avait peur de quitter celle qu'il aimait le plus.

Dans cet entraînement perpétuel vers deux femmes, il sentait la fatalité qui a fait rimer tant de tragédies antiques.

Un jour que M. de Briançon ne savait où aller dîner, il se hasarda à monter chez Mme de Tramont, espérant vaguement y rencontrer Mlle d'Armaillac. Il y rencontra un pianiste que cette adorable bavarde avait retenu à dîner pour ne pas perdre l'habitude de la parole; il est vrai que quand elle dînait seule, « la jolie forte en gueule » parlait tout haut aux quatre portraits de famille qui décoraient la salle à manger.

Martial demanda une place à table.

— Oui, à la condition que vous ne mangerez pas.

— Cela se trouve bien, je n'ai pas déjeuné.

On causa de choses et d'autres; naturellement on fut bientôt sur le chapitre de Jeanne.

Mme de Tramont apprit à Martial que Mlle d'Armaillac se mariait; ses bans étaient déjà publiés.

— Vous savez, dit Martial pour cacher son émotion, que si le mariage n'était pas si avancé, je lui ferais fortement la cour.

— Oui, mais vous ne réussiriez pas : je connais les femmes.

— Vous êtes bien sûre de connaître les femmes?

— Comme je connais les hommes. Mlle d'Armaillac n'est pas de celles qui tombent dans les piéges à loups.

— Je lui ferai la cour pour le bon motif.

— Vous faites donc quelquefois la cour pour le mauvais motif?

Martial ne répondit pas à cette question, tout entier qu'il était à sa pensée.

— Par malheur, continua-t-il, je n'ai pas le sou.

— Ni elle non plus, vous seriez quitte à quitte et vous feriez une bonne figure dans le monde. Si le cœur vous en dit, il est peut-être encore temps; voulez-vous que je vous mette en ligne? ce sera un duel entre vous et M. Delamare. Tout justement, Jeanne viendra mardi passer la soirée ici pour la dernière fois avant la cérémonie. J'aurai aussi trois ou quatre jeunes Anglaises, jolies comme des Anglaises; par-dessus le marché, il me viendra au moins deux Parisiennes et deux Américaines; on pourra flirter en tout mal tout honneur; c'est votre affaire, n'y manquez pas. Du reste, je comptais sur vous, et je n'aurais pas oublié de vous envoyer un mot demain matin.

Le pianiste, au dessert, prit part à la conversation en se mettant au piano; ce fut une occasion pour Martial de dire bonsoir à Mme de Tramont, sous prétexte qu'il n'aimait pas la musique.

— Ce qui me ferait adorer Mlle d'Armaillac, dit-il en regardant le pianiste, c'est qu'elle n'a jamais chanté de romance et qu'elle n'a jamais fait de mal à un piano.

XVI

DU DANGER D'ÉCRIRE DES LETTRES

LE mardi, il y eut donc une petite fête plus ou moins valsante chez Mme de Tramont.

Le premier arrivé fut le comte de Briançon. Et pourtant il avait rebroussé chemin pour prendre une lettre qu'il venait d'écrire à Jeanne et qui devait avoir quelque retentissement dans le monde.

Le second arrivé fut M. Delamare. Et pourtant celui-ci avait pris un détour pour offrir à Mme et Mlle d'Armaillac de les conduire chez Mme de Tramont. Jeanne avait refusé, jugeant que c'était bien assez d'accompagner son mari après le mariage. Quoiqu'il vînt seul, M. Delamare, à son entrée, regarda M. de Briançon et lui fit un petit signe de tête triomphant.

— Le pauvre homme! pensa Martial, s'il savait l'histoire de sa femme, il serait un peu plus humble.

Cependant tout le monde était arrivé, moins Jeanne et sa mère. Martial commença à craindre qu'elles ne vinssent pas. Enfin, elles furent annoncées et elles apparurent, la mère très-éclatante, comme une mère qui marie sa fille, tandis que la fille semblait marcher dans un nuage mélancolique. Elle salua à droite et à gauche sans voir personne, s'imaginant qu'on la saluait au passage. Elle vit pourtant, ou plutôt elle sentit que Martial était là.

Mme de Tramont alla à elle et lui dit mille chatteries :

— Il n'y a pas de fête sans vous, ma toute belle; vous êtes l'âme d'un salon et vous êtes la joie des yeux; si je n'avais du rouge sur les lèvres je vous embrasserais à tour de bras.

Martial, qui semblait étranger à tout ce qui se passait dans le salon, ne perdait pas de vue Mlle d'Armaillac; il la trouvait plus belle encore dans sa pâleur sous l'accent d'une passion trahie; car elle avait beau vouloir s'en défendre, elle ne pouvait rejeter l'expression de ses peines de cœur.

La soirée commençait à s'animer. Le pianiste,

qui était revenu, se mit au piano pour faire du bruit. Après un premier tapage, Mme de Tramont pria une des jeunes Anglaises de chanter. Miss Jenny Ramson chanta une romance française, vous jugez comme ce fut beau. Quand elle eut fini, Martial profita du bruit des bravos et du to-hu-bohu des félicitations pour saluer Mlle d'Ar-maillac.

Elle inclina froidement la tête comme si elle ne le connaissait que de bien loin; il insista et voulut lui parler, elle sembla ne pas comprendre; pour lui, il perdit la tête : comme il se trouvait seul avec elle, masqué par un groupe, il voulut lui remettre la fameuse lettre, dont on a déjà parlé; il ne l'avait écrite que pour le cas où il ne pourrait causer avec Jeanne. Or, il jugeait bien à sa mine glaciale qu'il n'y aurait de toute la soirée aucun entretien possible avec elle. Il prit donc la lettre roulée dans un gant et la passa dans la main de Jeanne : mais la jeune fille, décidée à ne plus le revoir, refusa de prendre la lettre.

Elle se leva avec sa dignité accoutumée et s'en alla dans le salon voisin pour échapper aux obsessions de Martial : la lettre tomba à ses pieds sans que M. de Briançon la vît tomber, tant il avait les yeux sur la figure de Jeanne; il s'imagina

même qu'elle n'allait dans le salon voisin que pour
lire cette lettre ou pour l'entraîner lui-même.
Voilà pourquoi il la suivit.

A peine étaient-ils tous les deux dans le second
salon qu'une des jeunes Américaines, qui avait
vu le jeu, ramassa la lettre et s'écria :

— Qui a perdu un billet doux ?

C'était une de ces jeunes filles qui aiment à
faire beaucoup de bruit pour rien. Elle leva la
main avec la lettre.

— Un billet doux ! dit une autre, il faut lire
cela.

— Tout haut ! tout haut ! dit une troisième.

Une quatrième demanda une voix de basse-
taille.

On trouva cela amusant et on fit cercle autour
de la trouveuse.

— Mesdames et mesdemoiselles, dit-elle, d'un
air mystérieux, la lettre est cachetée, mais, comme
il n'y a pas de nom sur l'enveloppe, le secret nous
appartient à toutes.

— Lisez, lisez, dit une autre.

— Lisez vous-même, moi, je m'en lave les
mains.

Et l'Américaine passa la lettre à celle qui venait de parler.

C'était justement l'Anglaise qui venait de chanter la romance. Elle avait été applaudie comme chanteuse, elle voulut se faire applaudir comme lectrice.

Aussi elle ne se fit aucun scrupule de briser le cachet.

— Écoutez bien, dit-elle.

Et elle lut :

« C'est un adieu, puisque vous voulez un adieu ; pourquoi n'êtes-vous pas revenue quand je vous attendais dans toutes les joies et toutes les anxiétés? Ah! cette fois, vous ne seriez pas sortie de cette chambre qui sera à tout jamais habitée par votre souvenir... »

— Qu'est-ce que cela? dit Mme de Tramont, qui venait de s'approcher et qui ne comprenait pas.

Un auditeur malicieux dit à la maîtresse de la maison que c'était de la prose amoureuse, que miss Ramson mettait en musique pour le piano.

Il s'était fait un profond silence; tout le monde commençait à comprendre que la lecture de cette lettre n'était pas si gaie que cela, puisqu'elle trahissait un secret.

Mais miss Ramson ne pensant qu'à l'effet qu'elle produisait, elle continua comme si c'eût été la lecture d'un morceau de littérature :

« C'est vous qui m'accusez, parce que je ne prends pas comme vous l'amour au tragique; mais je sens bien dans mon cœur brisé que celui de nous deux qui aime le plus, c'est moi; pour vous, ce n'était qu'une curiosité; vous êtes venue chez moi un jour de rêverie romanesque, vous êtes revenue parce que c'était une distraction pour vous; maintenant que vous savez que je vous aime, vous ne voulez plus me voir. Eh bien, moi, je ne puis me résigner à ne plus vous voir. Je sens que mon âme n'est plus avec moi; j'ai beau raisonner mon cœur, il se révolte et vous veut, parce que vous êtes sa vie.

« De grâce, revenez, ne fût-ce qu'une heure, ne fût-ce qu'un instant : il faut que je vous parle, vous savez, ces douces paroles qu'on dit dans un baiser. »

— Chut! s'écria Mᵐᵉ de Tramont en arrachant la lettre des mains de miss Ramson, je ne veux pas qu'on dise que nous sommes dans une maison de fous. Cette lettre est sans doute un jeu.

Tous les visages, si gais d'abord, étaient devenus sérieux, M. Delamare était au premier rang.

— A moins, reprit Mᵐᵉ de Tramont, aussi imprudente que les plus jeunes, à moins que quel-

qu'une de ces demoiselles ne réclame ce chef-
d'œuvre de passion.

Elle avait vu que la lettre n'était pas signée.

—Voyons, mesdemoiselles, à qui la lettre, pour
qui la lettre ?

Toutes se récrièrent, disant qu'elles ne rece-
vaient pas de pareils billets doux.

Après le silence on avait fait tant de bruit, que
tous ceux qui étaient dans le second salon venaient de rentrer dans le premier.

— C'est une chose inouïe ! dit M. Delamare à
Mlle d'Armaillac. Il paraît qu'une de ces demoiselles a perdu une lettre qui lui était adressée; or
cette lettre était une accusation en règle contre sa
vertu.

— Oui, oui, dit Mme de Tramont, en se tournant
vers Jeanne, je m'aperçois que j'ai fait une bêtise
en laissant lire cette lettre; car les reporters vont
dire demain cette histoire quelque peu scandaleuse : il y a ici une jeune fille qui a un amant,
qui est allée chez lui et qui y est retournée.

Jeanne demeurait silencieuse.

— Voyons, ma toute belle, vous qui avez de si
grands yeux, dites-moi quelle est celle, de toutes
ces demoiselles, qui a un amant, pour que je la
fasse reconduire à sa mère.

— Je vous avoue, dit Jeanne, que je n'en vois pas une seule que cette lettre puisse accuser.

— Eh bien! ma chère amie, lisez plutôt cette lettre vous-même.

Et Mme de Tramont présenta la lettre de Martial devant la figure de Jeanne.

— Voilà l'acte d'accusation, dit à sa fiancée le substitut du procureur de la république.

Jeanne, en voyant l'écriture de son amant, n'eut pas la force de se dominer : elle tomba presque évanouie dans les bras de Mme de Tramont.

Martial survint à cet instant.

— Que se passe-t-il donc? demanda-t-il à Mme de Tramont.

— Vous ne savez pas qu'on a trouvé une lettre qui met ici tout le monde en révolution; tenez, voyez ce chef-d'œuvre.

Martial eut plus de présence d'esprit que Jeanne: il éclata de rire.

— Ah! la bonne histoire! s'écria-t-il, je reconnais l'écriture.

XVII

LA VEILLE DU MARIAGE

LE demi-évanouissement de Mlle d'Armaillac ne dura que sept ou huit secondes. Quoique le désespoir l'eût profondément atteinte depuis quelque temps, elle se trouva assez de force pour se dominer ; quoique l'amour lui eût donné toute sa folie, le sentiment du devoir envers sa mère et envers elle-même la rappela à la raison. En rouvrant les yeux, elle vit du premier regard M. de Briançon qui, tout agité, reprenait sa lettre.

Sa pâleur seule la frappa.

— Il m'aime donc ! murmura-t-elle tout bas.

Leurs yeux se rencontrèrent et se noyèrent dans

le même rayon d'amour. Jeanne porta la main à
son cœur et se détourna en agitant son éventail.

Martial allait la suivre quand M. Delamare
s'approcha d'elle pour lui parler.

— Est-ce que vous souffrez? lui demanda le
jeune magistrat.

— Je ne sais ce que j'ai, répondit-elle. Allons
dans la serre pour respirer, car ici il n'y a pas une
bouffée d'air.

Elle lui prit le bras. Plus que jamais elle sentit
que cet homme n'était pas la chair de sa chair,
car rien qu'en touchant de son gant le drap de
l'habit de son fiancé, elle eut un mouvement de
répulsion.

— Et pourtant, pensa-t-elle, c'est un galant
homme; il a toutes les vertus que je voudrais à
Martial; il faut donc que l'amour soit un crime
pour être l'amour.

Dans la serre, M. Delamare débita à Jeanne
toutes sortes de bonnes paroles qui l'irritaient au
lieu de la calmer. Il y a encore des gens qui s'i-
maginent qu'on triomphe des femmes par la douceur. Mais, comme disait Stendhall, pour le cœur
qui souffre un petit verre de fine champagne vaut
mieux qu'une carafe d'orgeat.

— Je vois bien, dit M. Delamare à bout d'ar-

guments, que vous ne prendrez plus plaisir à la
fête; il est plus de onze heures, voulez-vous vous
en aller?

— Oui, avertissez ma mère et reconduisez-
nous.

Cinq minutes après, Mme d'Armaillac, le futur
époux et la future épouse étaient dans un coupé
trois-quarts que M. Delamare avait loué pour la
circonstance. Il parla beaucoup des préparatifs du
mariage : tout était disposé, à la mairie comme à
l'église. Le lendemain jeudi on devait se marier
par-devant M. le maire; le vendredi on déjeunerait en famille. On ne se marierait pas à l'église ce
jour-là par superstition; le samedi seulement on
recevrait la bénédiction nuptiale à Saint-Augustin.

Jeanne écoutait l'historique de tous ces préparatifs, sans croire un seul instant que la mariée
ce serait elle; aussi il n'y eut de discussion qu'entre sa mère et son fiancé; pour elle, elle trouvait
que tout était bien.

Quand le coupé arriva devant la porte, le jeune
magistrat voulut prendre Jeanne dans ses bras à
la descente du coupé, mais Jeanne lui échappa
comme un oiseau.

Il lui ressaisit la main.

— O Jeanne, lui dit-il doucement, en prenant
des airs d'adoration, vous ne me mettrez pas toujours à la porte.

Il lui baisa la main tendrement, tout en serrant
celle de sa mère.

— A demain et à toujours ! dit-il.

— A jamais ! pensa Jeanne.

Et il lui sembla que si M. Delamare venait le
lendemain la prendre pour la conduire à la mairie, il ne trouverait qu'une morte au lieu d'une
femme.

Dès que Jeanne fut seule dans sa chambre, elle
écrivit ceci à M. Delamare :

« Vous êtes un trop galant homme pour que je
ne vous ouvre pas mon cœur. Je croyais que je
vous aimerais, mais nous voici à la veille du mariage et je n'ai pour vous qu'une profonde estime.
L'amour n'est pas venu et je suis de celles qui ont
rêvé l'amour dans le mariage.

« Dieu m'est témoin que ce n'est pas faute de
volonté si je ne vous aime pas. Je voulais forcer
mon cœur pour vous. J'ai échoué ; il faut donc que
nous renoncions à nous marier : ce serait la prison pour tous les deux.

« Je suis trop loyale pour jouer la comédie, prenez une femme qui sera à vous corps et âme. Nous n'avions pas envoyé de lettres d'invitations si ce n'est à nos amis intimes ; voyez-les demain matin et dites-leur ce que vous voudrez ; dites-leur, par exemple, que je suis atteinte d'une maladie mortelle. Qui sait ? les vraies lettres de faire part seront peut-être des lettres de deuil.

« Adieu ; quoi qu'il arrive, ne me gardez pas un mauvais souvenir.

« Jeanne d'Armaillac. »

Dès que cette lettre fut écrite, Jeanne appela sa femme de chambre qui l'attendait dans son cabinet de toilette :

— Tenez, Emma, demain, à sept heures, il faut que cette lettre soit chez M. Delamare. Pas un mot à ma mère ! ne lui dites pas non plus que je vais sortir ; apportez-moi vite ma robe noire.

Et quand la robe noire fut là, Mlle d'Armaillac, après l'avoir regardée, se dit à elle-même :

— Non, pourquoi n'irais-je pas avec ma robe de mariée ?

Et elle mit sa robe blanche.

Une étrange expression passa sur sa figure. Elle prit sa pelisse de fourrures, elle s'enveloppa, elle mit le capuchon et sortit sans se retourner, mais

8

en jetant un baiser dans un regard vers la chambre de sa mère.

— Allons ! allons ! murmura la femme de chambre, voilà mademoiselle qui recommence ses folies.

A peine sur le palier, Mlle d'Armaillac revint sur ses pas.

— J'avais oublié, dit-elle.

Elle rouvrit son petit secrétaire pour y prendre trois ou quatre perles dans un tiroir à secret.

— C'est singulier, dit la femme de chambre, quand Jeanne fut repartie. J'ai bien envie d'avertir madame.

Et, se reprenant :

— Ah ! ma foi, j'ai bien plus envie de dormir.

. . . .

XVIII

ET POURTANT ELLE ÉTAIT BELLE

Où allait Mlle d'Armaillac?

Vous l'avez deviné : la rue du Cirque l'attirait comme l'abîme.

Il était minuit et demi quand elle entra chez Martial. L'éternel négrillon était là, fidèle à son poste.

— Oh! madame, dit-il à Jeanne, je crois que vous avez tort de venir ce soir, parce que M. le comte a fait préparer à souper. Voyez plutôt la salle à manger.

Jeanne ne voulut pas voir ; une fois encore elle fut frappée au cœur.

— Quoi! dit-elle, ce n'est pas fini : cette fille me fera souffrir mille morts.

Elle s'imaginait que c'était un souper en tête-à-tête. Si elle eût vu une table de six couverts, elle se fût enfuie. Mais l'idée que Marguerite viendrait le soir avec son amant ne l'empêcha pas d'entrer dans la chambre à coucher.

— Ce sera le bouquet de la fête, pensa-t-elle.

En voyant la pâleur de Martial, chez Mme de Tramont, elle s'était d'abord imaginé que décidément elle l'emportait sur son indigne rivale ; que M. de Briançon lui sacrifiait enfin cette fille ; qu'elle le retrouverait, sinon prêt à l'épouser, du moins prêt à vivre avec elle...

C'en était fait de son dernier rêve.

— Je suis maudite ! dit-elle, je ne puis faire ni le bien ni même le mal !

Elle se mit à la petite table où écrivait Martial. Elle prit une plume et la fit courir comme le feu sur le papier aux armes de son amant.

« Martial, ce que vous faites là est indigne. Vous m'arrachez une dernière fois à ma résignation pour me jeter dans la mort et dans l'enfer. C'est donc une vengeance que votre amour. Quoi, c'est vous qui me punissez de mon crime de vous avoir aimé ; ah ! vous êtes cruel ! jamais, jamais, une pauvre femme n'a été frappée ainsi d'une arme empoisonnée. Martial , vous n'avez donc jamais souffert, ou bien vous vous vengez sur moi des blessures que les autres femmes vous ont faites? Vous m'avez choisie pour victime, parce que j'étais la plus blanche, la plus pure, la plus fière. Oh! Martial, c'est le supplice des supplices; autrefois on écartelait à quatre chevaux : il me semble que quatre chevaux emportent mon cœur qui se déchire. Et pourtant, ce soir, votre figure n'était pas celle d'un barbare. Mais ce n'était que le masque du sentiment; c'était pour me tromper quand j'avais juré de ne plus vous croire. Voilà le raffinement de la cruauté! Que voulez-vous que je devienne après toutes ces misères? J'ai violé tous mes devoirs de fille et de jeune fille, je ne suis plus qu'une chrétienne maudite, je n'ai de refuge que dans la mort, et dans la mort sans pardon. O Martial! Martial!

« Pourquoi ne pas vous le dire? j'avais brisé avec le mariage; j'étais venue ici toute à vous; mais en entrant je m'aperçois trop que je n'y suis pas attendue.

« Nous ne sommes que pour les entr'actes, nous autres. »

Ici Mlle d'Armaillac laissa tomber sa plume en se demandant ce qu'elle allait écrire encore.

Quand elle avait pris chez elle les trois ou qua-

8.

tre perles qui avaient éveillé l'attention de sa femme de chambre, elle n'était pas décidée à mourir en retournant chez Martial, mais elle voulait avoir la mort sous la main.

Ces perles, en effet, qui étaient des perles fausses, renfermaient un poison très-violent, le poison des Indiens, qui fut le poison du moyen âge, et qui est redevenu aujourd'hui à la portée de tout le monde, à la condition toutefois de connaître un chimiste. Jeanne, qui avait toujours été romanesque, s'était dit de bonne heure qu'il fallait toujours avoir un poignard et du poison. Elle prit les perles dans son porte-monnaie, elle les regarda et dit avec un sourire amer :

— On a mis des perles dans ma corbeille de mariage.

Elle ressaisit la plume et elle acheva la lettre.

« Moi aussi j'ai ma vengeance. Quand vous rentrerez, Martial, quand vous rentrerez avec cette femme, vous lui direz que la place est prise. »

Mlle d'Armaillac ne signa point cette lettre, elle jeta la plume et s'approcha de la cheminée. Se voyant dans la glace, elle ne put arrêter ce cri :

— Et pourtant j'étais belle !

XIX

LE LIT NUPTIAL

E jour-là, le comte de Briançon nous avait invités à souper chez lui, moi et quelques autres. Mlle Marguerite Aumont voulait nous chanter des airs de grand opéra, pour nous donner une haute idée de sa voix et de sa méthode.

Les deux amoureux, qui s'étaient retrouvés au café Riche, s'en revinrent ce soir-là plus amoureux que jamais, quoique le comte de Briançon gardât dans son cœur la pâle image de Mlle d'Armaillac.

Il était minuit. Le souper était pour une heure. C'était un souper froid, aussi les deux hommes de service n'étaient pas encore arrivés.

Le négrillon était dans la cuisine avec le chef.

Cette fois il ne s'était pas endormi, car il pressentait un orage entre les deux maîtresses. Quand il entendit la petite clef de Martial dans la serrure, il se présenta devant la porte pour dire au comte qu'il allait trouver quelqu'un, mais il n'osa parler.

Ce fut Marguerite Aumont qui passa la première, avant que M. de Briançon ne pût l'arrêter.

Je ne sais pas si elle avait bien faim et si elle était disposée à faire honneur au souper, mais elle chanta pour son entrée un air de *Mme Angot.*

— Allons, allons, dit Martial, je t'ai déjà mis dix fois à l'amende aujourd'hui; je te défends de continuer cet orgue de Barbarie.

Mais Marguerite Aumont qui avait dîné gaiement chanta de plus belle, cette fois à tue-tête.

— Prends garde, ma chère, tu vas réveiller le chien de ma voisine.

— Pourquoi ta voisine couche-t-elle son chien si tôt. Tant pis. Quand je suis chez toi, je suis chez moi.

C'est en disant ces mots que Marguerite Aumont franchit le seuil de la salle à manger.

— Je meurs de soif, reprit-elle.

Et elle se précipita vers un seau d'argent où

baignait dans la glace déjà fondue une bouteille de vin de Champagne.

Mais avant de boire, elle entra dans la chambre à coucher pour jeter sa pelisse et son chapeau sur le lit. Un spectacle inattendu détourna son regard.

Elle vit Mlle d'Armaillac couchée sur le lit, la tête renversée, les bras tombants, vêtue de sa robe blanche toute arrosée de sang.

Martial fut bientôt frappé par le même spectacle.

Comme ce n'était pas un homme de sang-froid, il crut qu'il devenait fou et que c'était une hallucination.

Il se jeta vers le lit en détournant avec violence sa maîtresse qui était sur son chemin.

— Qu'est-ce que c'est que ça? dit Marguerite un peu dégrisée.

Martial avait saisi la main de Jeanne.

— Jeanne! Jeanne! cria-t-il. Qu'avez-vous fait? Et c'est moi qui suis coupable! Jeanne, Jeanne, dites-moi que vous n'êtes pas morte?

Et il mit ses lèvres sur le front de la jeune fille.

Marguerite Aumont s'était rapprochée.

— Eh bien! Dieu merci, on prend notre lit pour un lit nuptial ou pour une dalle de la Morgue. Pourquoi cette dame n'est-elle pas morte chez elle?

Martial se retourna, frappa du pied et dit à sa maîtresse un — Tais-toi! — qui la fit pâlir plus que l'horrible tableau qu'elle venait de voir.

Pourtant elle osa murmurer encore :

— Dis-lui donc de te parler?

— Écoute, reprit Martial en repoussant Marguerite loin du lit, j'ai eu toutes les lâchetés avec toi, mais aujourd'hui c'en est trop. Tu dois comprendre que devant cette femme morte tu vas t'en aller pour ne plus revenir.

Marguerite Aumont voulut défendre son droit d'asile.

— Pas un mot! pas un mot! poursuivit M. de Briançon en la repoussant hors de la chambre à coucher. Tu n'as ni cœur ni âme si tu ne comprends pas que devant cet épouvantable malheur tu dois t'enfuir chez toi. Cette femme morte, c'est toi qui l'as tuée.

Devant la soudaine énergie de son amant, Marguerite Aumont se résigna à s'en aller, tout en murmurant avec dignité :

— Je ne reviendrai pas.

XX

LES DEUX SOUPERS

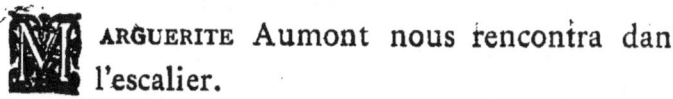 ARGUERITE Aumont nous rencontra dans l'escalier.

— Ah! oui, dit-elle, en nous donnant la main, vous allez en voir de belles, là-haut. Vous veniez pour souper, vous allez trouver une demoiselle qui a soupé avec du poison. Pour moi, on m'a galamment mise à la porte.

Nous ne comprenions pas un mot. Marguerite Aumont descendit et nous montâmes.

M. de Briançon n'avait pas refermé la porte, si bien que nous entrâmes dans l'appartement et que nous avançâmes jusqu'à la chambre à coucher.

Quel spectacle ! Il couvrait de baisers Mlle d'Armaillac dans sa pâleur de morte. Dès qu'il nous vit, il vint à nous. Sa figure exprimait toutes les désolations.

— C'est vrai, nous dit-il, je vous avais invité à souper, mais ces fêtes-là sont finies pour moi.

Il nous entraîna dans le salon, ne voulant pas que nous puissions reconnaître celle qui était couchée sur son lit, empoisonnée et poignardée.

— Vous êtes, nous dit-il, des hommes de cœur, aussi je ne vous demande pas le secret.

Et, pour nous dérouter :

— D'ailleurs, c'est une femme inconnue à Paris. Elle s'est figuré que je l'aimais et elle est venue mourir chez moi.

Mais nous avions reconnu Jeanne.

Tout en nous parlant, Martial nous conduisait à la porte. Cette fois, quand nous fûmes sortis, il la ferma par un tour de clef.

A peine étions-nous dans la rue qu'un de mes amis me dit :

— Me voilà trop vengé. J'avais bien prévu que cette jeune fille finirait mal.

— Êtes-vous donc bien sûr qu'elle soit morte ?

— Ne l'avez-vous donc pas vue ? Elle a déjà les couleurs de la tombe.

— Voilà une tragique bonne fortune.

— C'est la faute des passions. On n'est pas maître de soi.

— Moins de soi que des autres.

— Il y a des destinées. Mais ne tuons pas nos nerfs dans les émotions. Ceci ne nous empêchera pas de souper.

— Et où irons-nous souper ?

Au moment où je faisais cette question, nos yeux furent pris par une vive lumière qui resplendissait aux fenêtres d'en face.

— La bonne histoire et la bonne comédie, dit mon ami, en accentuant son éternel sourire. C'est le fiancé de Mlle d'Armaillac, c'est M. Delamare qui enterre sa vie de garçon.

— Comment, si près de cette pauvre fille qui vient de mourir !

— Ne saviez-vous donc pas qu'il demeurât vis-à-vis de M. de Briançon ?

— Le hasard fait bien les choses.

— Vous savez que nous pouvons aller souper chez lui ! Non-seulement il m'a invité, mais j'ai un Espagnol de mes amis qui doit être du festin avec sa maîtresse, Mlle Rosa-la-Rose, — car il y a des femmes :

Pour être magistrat on n'en est pas moins homme.

9

— Ma foi, si vous êtes sûr que nous n'arriverons pas là comme des chiens dans un jeu de quilles, allons-y.

— Vous n'êtes pas fâché de voir ce contraste. Eh bien, montons.

Nous fûmes reçus cordialement. On venait de se mettre à table. La gaieté pétillait déjà dans les coupes et dans les esprits. Seul, M. Delamare avait les vagues inquiétudes familières à sa gravité. Mais il voulait qu'on s'amusât dans cette petite fête, qui était son adieu à la jeunesse. Il n'avait aucune idée de ce qui venait de se passer en face. Il croyait que Mlle d'Armaillac avait eu une sympathie un peu vive pour le comte de Briançon, mais il ne doutait pas que ce fût la plus honnête fille du monde. Il jugeait qu'il serait heureux avec elle. Il était fier de sa beauté et de son nom. Un de ses amis lui avait bien dit que Mlle d'Armaillac s'était un peu compromise avec Martial. Il s'était même risqué à lui faire entendre qu'elle était peut-être venue chez lui. Mais M. Delamare avait coupé court en s'écriant : — Ce n'est pas vrai, car je demeure en face et je ne l'ai pas vue.

Certes, Mlle d'Armaillac ne se mettait pas à la fenêtre quand elle venait chez M. de Briançon.

On s'amusa beaucoup chez M. Delamare. Un des convives porta un toast à la jeunesse; un autre porta un toast au mariage.

— Vous ne buvez pas? dis-je à mon voisin.

— Mon cher ami, me répondit-il, c'est qu'en voyant ces fêtes-là je ne crois plus à la jeunesse; c'est que je n'ai jamais cru au mariage.

XXI

LE POIGNARD

Cependant Martial était retourné devant le lit; il contemplait tout frappé de désespoir et de vertige cette adorable Jeanne dans la pâleur de la mort.

Il vit alors sous un pli de la robe de Mlle d'Armaillac un petit poignard avec lequel elle avait joué souvent chez lui; elle lui avait même dit à leur première entrevue : Je n'ai jamais aimé les bijoux, mais je comprendrais que les femmes portassent un petit poignard à la ceinture sinon à la jarretière. »

Sans doute au dernier moment elle s'était décidée à mourir par le poignard plutôt que par le poison.

— Du sang ! du sang ! s'écria Martial.

Il n'osait regarder la blessure. Il ouvrait de grands yeux, mais il ne voyait pas.

— Jeanne, Jeanne, dit-il en soulevant la tête de Mlle d'Armaillac, pardonnez-moi votre mort.

Et il regarda ses beaux yeux ouverts qui ne lui disaient rien.

Il tomba agenouillé et murmura une seconde fois :

— Jeanne, Jeanne, pardonnez-moi votre mort !

Après un silence, après une suprême prière à Dieu, prière de l'âme désolée, bien plus éloquente que celle des lèvres, il s'adressa mille imprécations :

— Quoi, cette jeune fille, toute pure, qui n'avait connu que Dieu et sa mère, elle est venue à moi, elle m'a donné son cœur et son âme, et moi j'ai pris son corps comme une bête affamée, et j'ai trahi le cœur, et j'ai perdu l'âme. Elle m'apportait toutes les joies : je lui ai donné toutes les douleurs. Comme elle était belle et comme elle est belle encore !

Martial, qui avait déjà tenu le poignard ensanglanté, le ressaisit pour se frapper à son tour.

C'était le prix du pardon qu'il demandait à Jeanne ; si elle ne lui avait pas pardonné dans la vie, elle lui pardonnerait dans la mort.

Avant de se frapper il alla au coin de la cheminée décrocher une petite miniature qui représentait sa mère. Il y posa ses lèvres et murmura :

— Toi aussi, tu me pardonneras !

Sa mort dans sa pensée était une bonne action :
par sa mort il croyait sauver l'honneur de Mlle d'Armaillac. On la trouverait chez lui, mais que dirait-on de mal devant leur suicide à tous les deux ?
Elle allait se marier avec un homme qu'elle n'aimait pas parce qu'elle aimait M. de Briançon :
elle est allée à Martial, elle lui a ouvert son cœur,
mais elle a voulu mourir. Et lui, ne pouvant la
décider à vivre avec lui, il a voulu mourir avec
elle. Qui oserait accuser sa vertu devant la mort
de tous les deux ?

— Oui, il faut que je meure, dit Martial, en
présentant d'une main vaillante la pointe du poignard sur son cœur...

Mais à cet instant on frappa à la porte.

XXII

LE RÉVEIL D'UNE MÈRE

VERS dix heures du matin, Mme d'Armaillac qui venait de se réveiller appela sa femme de chambre.

Cette fille, selon sa coutume, apporta sur un plateau les journaux du matin et une tasse de chocolat.

— Dites-moi, Emma, est-ce que vous avez vu Jeanne ce matin ?

— Non, madame.

— Allez lui dire que nous sortirons avant le déjeuner.

— Je ne sais pas si mademoiselle est sortie, il me semble qu'elle est allée à la messe de huit heures.

Et Mlle Emma murmura entre ses dents :

— Il faut bien faire son salut !

— Allez tout de suite voir si ma fille est dans sa chambre

Il y a des gens qui ont le pressentiment des catastrophes. Mme d'Armaillac ne possédait pas la seconde vue ; elle vivait au jour le jour dans l'insouciance du lendemain. Aussi la comtesse ne demandait sa fille que pour lui parler de sa robe de mariée.

Mlle Emma revint en disant que Mlle d'Armaillac n'était pas dans sa chambre. Elle ne s'était pas d'ailleurs donné la peine d'aller jusque-là, car elle savait bien que Jeanne n'était pas rentrée.

Mme d'Armaillac, se parlant à elle-même, dit que tout bien considéré, il était temps de marier cette belle matineuse.

Le timbre résonna.

— C'est elle, dit tout haut Mme d'Armaillac, allez vite lui ouvrir et envoyez-la-moi.

Ce ne fut pas Jeanne qui entra, ce fut encore la femme de chambre.

— Madame, c'est un monsieur qui m'a donné sa carte, voyez.

Mme d'Armaillac prit la carte et lut : « *M. le comte de Briançon.* »

— Que peut-il me vouloir à cette heure ?

Elle connaissait vaguement Martial pour l'avoir rencontré chez la duchesse et chez Mme de Tramont; elle savait que sa fille le trouvait fort de son goût, mais elle n'avait nulle idée que ce fût pour lui parler de sa fille qu'il vînt de si bonne heure.

Comme elle était curieuse, elle passa en toute hâte sa robe de chambre en disant de faire entrer M. de Briançon dans le petit salon.

Elle y entra presque en même temps que lui.

— Comment, vous vous levez si matin ? lui dit-elle avec un sourire de belle humeur, comme s'il dût lui apporter une bonne nouvelle.

Mais elle réprima son sourire en voyant que le comte était pâle et triste.

Depuis une heure, M. de Briançon, armé de son plus grand courage, se demandait comment il pourrait dire à Mme d'Armaillac ce qui était advenu à sa fille. Il fallait pourtant bien lui dire la vérité, sinon toute la vérité.

— Madame, murmura-t-il en lui tendant la main, j'ai une mauvaise nouvelle à vous apprendre.

Cette fois, Mme d'Armaillac comprit qu'il était question de sa fille.

9.

— Jeanne ! s'écria-t-elle.

Elle pâlit et tomba à la renverse dans les bras de M. de Briançon.

— Madame, reprit-il en l'asseyant dans un fauteuil, voilà ce qui s'est passé : Vous vouliez marier Mˡˡᵉ Jeanne d'Armaillac à M. Delamare. Elle ne l'aimait pas ; elle s'était imaginé qu'elle m'aimait ; quoique je n'eusse rien fait pour lui donner des illusions, elle m'a confié ses chagrins ; nous sommes devenus de vrais amis.

— Mais, monsieur, où est ma fille ?

— Je vais vous le dire, madame.

— Vous l'avez donc vue ce matin ?

— Oui, madame.

— Mais comment venez-vous me parler d'elle quand elle n'est pas ici ?

— C'est que je venais vous prier de venir avec moi.

— Mais encore une fois, monsieur, où est Jeanne ?

— Madame, elle est chez moi.

— Chez vous !

Mᵐᵉ d'Armaillac se leva d'un bond. On l'eût prise dans sa pâleur, les cheveux épars, les yeux égarés, pour une ombre vengeresse.

— Ma fille est donc folle ! Chez vous ? C'est un guet-apens.

— Madame, de grâce, écoutez-moi, je vais vous dire...

— Non, monsieur, je ne veux pas vous entendre.

Mme d'Armaillac sonna.

— Emma, habillez-moi bien vite.

Elle retourna, rapide comme une ombre, dans sa chambre à coucher.

— Madame, je vais vous attendre, lui cria M. de Briançon.

Elle ne répondit point.

Quoique le petit salon fût un tout petit salon, il se promena à grands pas autour d'une table de Boule, sur laquelle étaient éparses des cartes de visite.

— Après tout, murmura-t-il dans son agitation, quand elle verra sa fille, elle devinera ce qui s'est passé.

Il s'avança vers la porte de la chambre à coucher pour dire à Mme d'Armaillac qu'il retournait chez lui de son côté pour l'attendre. Et il ajouta : — Rue du Cirque, n° 10.

Dès qu'il fut sous la porte cochère, il reconnut que Mme d'Armaillac avait bien fait de ne pas descendre avec lui pour qu'il l'emmenât dans son coupé, car la place était prise.

Mlle Marguerite Aumont l'y attendait. Elle l'avait suivi en fiacre depuis la rue du Cirque où elle s'était hasardée à son réveil, tout à la fois désolée et curieuse. Elle adorait Martial et elle avait peur que cette aventure ne les séparât.

Quand il était monté chez la comtesse, Marguerite était descendue de son fiacre, elle avait payé la course et s'était nichée dans le coupé, qu'elle croyait bien plus à elle qu'à son amant.

— Enfin ! te voilà, dit-elle quand il s'approcha de la portière.

— Oui, me voilà, mais je ne sais pas ce que tu fais là, toi ?

— Moi, je suis chez moi.

— Eh bien, si tu es chez toi, restes-y.

Marguerite lança sa main par la portière pour saisir celle de Martial.

— Non, non, ce que je veux, ce n'est pas le coupé, c'est toi.

Et elle retint violemment M. de Briançon.

— Voyons, ma chère Marguerite, puisque tu as du cœur, tu dois comprendre qu'il y a des jours de divorce forcé.

— Je comprends que l'amour c'est l'amour. Je comprends que je t'aime et que je ne divorce pas ; d'ailleurs, on ne divorce que dans le mariage.

— Adieu ! dit Martial en dégageant sa main.

Mais, comme il regardait Marguerite, il vit de vraies larmes dans ses yeux.

— Tu es folle, reprit-il en se penchant dans le coupé, tu sais bien que je t'aime, mais donne-moi un quart d'heure de grâce. Ce n'est pas moi qui ai voulu ce terrible drame, c'est comme un orage qui s'est abattu sur moi. J'y perds la tête. Laisse-moi à moi-même, ne fût-ce qu'un jour.

En ce moment, Mme d'Armaillac, qui n'avait pas perdu une seconde, dépassait la porte cochère avec sa femme de chambre.

Elle s'imagina, voyant Martial causer à la portière de son coupé, que c'était sa fille.

— Jeanne ! dit-elle tout haut.

M. de Briançon se détourna. Il s'inclina devant la comtesse qui s'était déjà jetée à la portière.

Marguerite comprit la méprise. Elle fit un signe de tête comme pour dire à la mère : « Je ne suis pas votre fille. »

— Que fait là cette femme ? demanda Mme d'Armaillac à M. de Briançon.

Elle avait senti que Marguerite était la rivale de sa fille.

Martial ne savait que répondre.

.— Je ne sais pas, dit-il ; j'avais pris pour venir vous chercher la première voiture venue ; il paraît que c'était la voiture de cette dame.

En disant ces mots, il fit signe à une citadine qui passait, comme s'il voulût la prendre pour lui, mais Mme d'Armaillac, impatientée, alla au-devant de la citadine et y monta en faisant monter sa femme de chambre.

Martial ouvrit la porte de son coupé.

— Tu vois ce que tu as fait ! dit-il à Marguerite. C'est la mère de cette pauvre fille qui est chez moi. Que va-t-elle penser de tout cela ? car elle a bien vu que tu étais ma maîtresse.

— Lui avais-tu promis d'épouser sa fille ? La fille s'est donné un coup de poignard, est-ce ma faute ? C'est elle qui est venue pour t'arracher à moi. N'est-ce pas moi qui étais la maîtresse légitime ?

— Avec toutes tes raisons, tu vas m'empêcher d'arriver à temps chez moi.

— C'est mon chemin. Dis à ton cocher d'aller rue du Cirque, je descendrai rue du Faubourg-Saint-Honoré.

Martial ordonna au cocher de ne pas dépasser cinq minutes pour le mettre chez lui.

Quand il fut assis à côté de Marguerite, cette

fille, sentant qu'elle avait reconquis les trois quarts de son amant, lui dit avec une vraie émotion :

— La pauvre fille ! Est-ce qu'elle est morte ?

XXIII

LA RÉSURRECTION

EPENDANT Mme d'Armaillac montait l'escalier du comte de Briançon, tout éperdue en sa douleur, ne sachant comment elle allait trouver sa fille.

Jeanne était-elle devenue la maîtresse de Martial, ou bien n'était-elle allée chez lui que dans un de ces quarts d'heure d'aveuglement et de curiosité qui précèdent l'heure de la chute?

La comtesse se disait qu'il était impossible que sa fille se fût jetée tête perdue dans les bras de M. de Briançon. Elle l'aimait, sans doute, mais, quel que soit l'amour, une fille comme elle ne sacrifie pas en une matinée toutes les pudeurs de la femme.

Mme d'Armaillac ignorait encore que Jeanne eût passé la nuit chez Martial. Elle n'avait pas songé à passer par la chambre de sa fille pour interroger le lit, qu'elle eût d'ailleurs trouvé défait comme tous les matins, par une supercherie de Mlle d'Armaillac.

Quand la comtesse arriva chez le comte de Briançon, elle était donc bien loin de se douter qu'elle dût trouver sa fille empoisonnée et frappée d'un coup de poignard.

— Je marche comme dans un rêve, disait-elle à chaque pas.

Martial reçut la comtesse dans l'antichambre et la précéda silencieusement jusqu'à la porte de sa chambre à coucher. Là il se retourna et lui dit :

— Du courage, madame.

La comtesse était déjà dans la chambre, ressentant plus d'indignation que d'effroi; mais quand elle vit la blancheur de Jeanne, elle comprit enfin qu'un drame terrible avait dû se passer là.

Elle ne dit pas un mot, elle se précipita vers le lit et tomba à moitié morte sur sa fille en sanglotant.

— Maman, dit Mlle d'Armaillac en lui prenant la tête dans ses deux mains, maman, pardonnemoi.

Et, d'une voix plus éteinte, elle ajouta :

— Par horreur du mariage, j'ai perdu la tête et j'ai voulu mourir.

— Que s'est-il donc passé ? demanda Mme d'Armaillac plus affolée encore.

Jeanne n'avait ni le courage ni la force de répondre.

— Madame, dit Martial en maîtrisant son émotion, j'ai voulu vous dire chez vous ce que je vais vous dire ici.

— Parlez donc ! monsieur.

— Mlle d'Armaillac a eu peur d'épouser M. Delamare. Elle voulait vous obéir, mais ce mariage révoltait son cœur. Elle croyait m'aimer ; elle s'est risquée à venir jusque chez moi. Comme toutes les jeunes filles, elle est romanesque ; elle a voulu se punir de m'aimer et me punir de ne l'avoir pas aimée ; du moins elle croyait que je ne l'aimais pas. En mon absence, elle est entrée ici, elle s'est couchée, elle a pris du poison et elle s'est donné un coup de poignard. Je vous le dis, madame, c'est un roman.

Martial voulait continuer, mais la comtesse n'écoutait pas, elle avait soulevé sa fille dans ses bras, elle avait découvert son sein et elle regardait d'un œil effaré la blessure toute noire.

— Jeanne! Jeanne! ma Jeanne adorée, dis-moi
que tu ne vas pas mourir?

— Non, maman, je ne mourrai pas, puisque
M. de Briançon m'a sauvée malgré moi.

La mère jeta un regard, moitié farouche, moitié adouci sur Martial.

— Quand je suis rentré, continua-t-il, jugez de
ma surprise en trouvant Mlle d'Armaillac évanouie sur mon lit, blessée au sein, pâle comme une
morte. Elle était morte, en effet. Il était temps que
j'arrivasse pour la rappeler à la vie. Je la crus si
bien morte que je voulus mourir moi-même. J'allais me donner un coup de poignard, quand on
sonna. C'était le médecin que mon petit nègre
avait été avertir. Le docteur, à première vue, dé-
clara que Mlle d'Armaillac n'avait pu mourir de
ce coup de poignard, mais il reconnut bientôt
qu'elle était empoisonnée. Comment agir par le
contre-poison? « Elle n'est pas morte, me dit le
médecin qui avait senti son cœur battre, mais qui
sait s'il lui reviendra assez de force pour que nous
puissions agir par le contre-poison? » J'avais ouvert la fenêtre; le docteur promenait son flacon
sur les lèvres de Mlle d'Armaillac. Ses yeux qui
étaient restés ouverts ne voyaient plus, mais tout
d'un coup elle soupira et murmura : « Maman! »

J'aurais voulu pour tout au monde que vous fussiez là. Je parlai de vous envoyer chercher, mais le docteur ne voulait pas d'émotion. Que vous dirai-je? Mlle d'Armaillac est revenue à elle. Je l'ai suppliée à genoux de vivre, en lui donnant ce christ à baiser. Elle a consenti à prendre le contrepoison.

La comtesse qui regardait le christ, le baisa avec transport en disant :

— O mon Dieu! O ma fille!

Mme d'Armaillac reprit Jeanne dans ses bras.

— Pauvre folle! dit-elle en contemplant sa fille avec la joie de l'avoir retrouvée et avec la tristesse de la voir chez M. de Briançon.

— Que va-t-on dire de toi?

— Madame, dit M. de Briançon en prenant à la fois la main de la mère et de la fille, j'ai l'honneur de vous demander la main de Mlle Jeanne d'Armaillac.

— Non, dit-elle en dégageant sa main, vous m'accuseriez d'avoir préparé la comédie du mariage.

— Alors, dit la mère, pourquoi es-tu venue ici?

— C'était pour ne pas épouser M. Delamare. Je voulais mourir. Maintenant, puisqu'on me force de vivre, je vivrai pour Dieu. Je vais retourner à la maison, et dès que j'aurai repris mes forces, j'entrerai au couvent des Carmélites, où m'attend mon amie Blanche.

— Voyons, tu es plus folle que jamais, dit Mme d'Armaillac avec un mouvement d'impatience, je n'ai que toi au monde et tu veux que je te perde.

— C'est la fatalité, dit la jeune fille. Maman, je t'en supplie, habille-moi et fais-moi porter en voiture pour retourner chez toi.

— Mademoiselle, dit Martial, vous savez bien que c'est impossible. J'ai demandé au médecin quand vous pourriez être transportée, il a ordonné deux jours de repos absolu. Voilà pourquoi, au lieu de vous conduire chez la comtesse, j'y suis allé seul.

— Oui, mais je sens que j'aurai la force d'accompagner ma mère.

Jeanne essaya de se soulever, mais elle retomba et perdit connaissance, brisée autant par l'émotion que par le poison et le coup de poignard.

— O mon Dieu! mon Dieu! dit Mme d'Armaillac en embrassant tour à tour Jeanne et le crucifix. Je vois bien que j'ai perdu ma fille. O mon Dieu! mon Dieu! ne prenez pas ma fille.

M. de Briançon, qui n'était pas tendre, sentit deux larmes couler sur ses joues. Il était profondément touché du renoncement de Mlle d'Armaillac ; il comprenait bien que dans sa fierté farouche, elle ne voulût plus épouser un homme qui l'avait trahie, comme une maîtresse qu'on trahit.

Maintenant qu'elle ne voulait plus de lui, même comme mari, après l'avoir adoré comme amant, il sentait qu'il allait l'aimer de toutes les forces de son âme, — si elle vivait, — car le médecin ne répondait pas encore d'elle, surtout si elle se laissait reprendre aux émotions violentes.

— Monsieur, dit la mère, vous me jurez que pas âme qui vive ne saura que Mlle d'Armaillac est ici ?

— Je vous le jure, madame, car je n'ai dit son nom ni à mes gens ni au médecin.

— Eh bien ! monsieur, faites-moi la grâce de me laisser seule ici avec ma fille, jusqu'au moment où je pourrai l'emporter sans qu'il y ait danger.

Mlle d'Armaillac revenait à elle, Martial s'agenouilla devant le lit et lui baisa respectueusement la main, après quoi il salua la comtesse et sortit de la chambre pour lui obéir.

Il ne savait où aller ; il descendit les Champs-

Élysées comme pour prendre conseil du hasard.

Il rencontra un de ses amis qui l'entraîna au club où il joua un jeu désordonné.

— Tu es bien heureux, lui dit-on au bout d'une demi-heure, tu gagnes tout ce que tu veux.

— Est-ce que je gagne? dit-il, en posant du regard un point d'interrogation.

Il semblait revenir de l'autre monde.

A l'heure du dîner il retourna chez lui et demanda à parler à la comtesse, mais la comtesse lui fit dire qu'elle le suppliait de ne pas voir Jeanne ce jour-là. Il obéit encore. Il alla dîner au café Anglais. A peine était-il à table que Marguerite Aumont vint s'asseoir à côté de lui.

— Eh bien, lui dit-elle, comment va-t-on chez toi?

— Je ne suis plus chez moi, répondit-il.

Il raconta à Marguerite qu'il avait laissé le champ libre à la mère de celle qui avait voulu mourir.

— Tant mieux, dit Marguerite, tu viendras chez moi, d'autant plus que je ne veux plus jamais revoir ce lit funéraire.

Martial fit promettre à sa maîtresse, qui le lui avait promis le matin, de ne pas dire un mot de toute cette tragique aventure.

— Je ne dirai pas un mot, mais comment s'appelle cette folle?

Le comte de Briançon dit que c'était une étrangère, une Américaine, Mlle Meredith.

— Sois tranquille, voilà un nom que je ne pourrai jamais prononcer.

Marguerite Aumont dîna avec son amant. Elle eut le tort de reparler sans cesse de la folie de l'Américaine. Martial, qui voyait toujours Jeanne dans sa pâleur de morte, qui jugeait de son amour par son désespoir, finit par imposer silence avec colère.

Marguerite se rebroussa et se mit à « blaguer » du haut de sa gaieté la vertu de ces demoiselles du monde qui s'en vont à minuit chercher des certificats chez leurs amants. Martial se fâcha tout à fait, il se leva, jeta la serviette sur la table et dit un bonsoir qui ressemblait fort à un adieu.

— Eh bien, lui cria Marguerite, va-t'en la retrouver sur ce beau lit nuptial.

Dès que le comte de Briançon fut sur le boulevard, il se demanda s'il n'avait pas tort de briser avec Marguerite quand Jeanne avait brisé avec lui.

Cet homme, qui avait deux maîtresses qu'il adorait, il se sentait tout d'un coup seul.

— Comme il fait froid! dit-il, en s'enveloppant dans son pardessus.

Ce fut ce soir-là que le marquis de *** nous présenta l'un à l'autre.

— Voilà un homme heureux, me dit mon ami en s'inclinant devant Martial, il est adoré de toutes les femmes, on lui connaît toujours deux maîtresses à la fois.

— Oui, dit Martial, deux maîtresses, mais il m'en faudrait une troisième ce soir.

— Vous avez raison, lui dis-je, celui qui a deux maîtresses n'en a pas une seule; ce qui fait la force de l'amour c'est l'unité, il faut avoir sept cents femmes comme Salomon, ou en avoir une seule.

Le comte de Briançon n'écoutait pas, il était tout à Mlle d'Armaillac, il avait peur de trop l'aimer, il avait peur de ne plus être aimé.

— Ce poignard, disait-il en portant la main à son cœur, c'est moi qui en ai reçu le coup, — et la blessure sera mortelle — si Jeanne ne m'aime plus.

XXIV

LES DEUX MAITRESSES

E comte de Briançon passait deux fois par jour chez lui pour avoir des nouvelles de Mlle d'Armaillac, mais il couchait au Grand-Hôtel, laissant toute liberté à la mère et à la fille.

Le second jour il avait écrit ce simple billet à Jeanne :

« Dans mon profond amour pour vous, je ne sais plus qu'obéir. Soyez chez vous chez moi, ordonnez et j'obéirai. Je demande à Dieu votre résurrection. Quand vous irez bien, faites un signe, je serai à vos pieds pour toujours, — ou pour vous dire adieu. »

Quatre mortelles journées se passèrent. Pas un mot de Jeanne ni de sa mère. Quand Martial se présentait dans l'antichambre, on lui répondait presque toujours la même chose : « Mademoiselle est bien malade; le médecin n'a pas cessé d'être inquiet, la mère pleure toutes ses larmes. »

Seul le petit nègre disait que ça irait bien, mais ce n'était pas lui que le comte de Briançon écoutait.

Il alla chez le médecin pour l'interroger sérieusement.

Le médecin lui répondit qu'il avait eu raison du coup de poignard, mais que le poison continuait ses terribles ravages. La pauvre enfant n'avait plus ni corps ni âme.

Ce fut seulement le dixième jour que le comte de Briançon reçut ces mots, écrits par la mère de Jeanne :

« Monsieur,

« Venez voir ma fille qui veut vous parler. Écoutez-la, mais ne lui parlez pas vous-même, parce que la moindre émotion la tuerait.

« Comtesse d'Armaillac. »

Martial dînait à la table d'hôte du Grand-Hôtel, — un peu par désœuvrement, — quand ce billet le vint surprendre. Il jeta sa serviette, prit son

chapeau et alla en toute hâte rue du Cirque avec
un peu de joie au cœur.

Dès qu'il entra dans la chambre à coucher,
Jeanne sourit amèrement et souleva la main comme
pour la lui tendre, mais la main retomba avant
qu'il ne l'eût prise.

— Enfin, je vous retrouve ! lui dit-il tout en saluant Mme d'Armaillac.

Jeanne fit signe à sa mère de s'éloigner.
Mme d'Armaillac obéit en silence.

— Pauvre femme ! murmura Martial, elle a
presque autant souffert que sa fille.

— Ne parlons pas de mes souffrances, dit
Jeanne ; qu'est-ce que ces douleurs-là si je pense
aux douleurs de mon âme ?

Et après un silence :

— Enfin, Dieu n'a pas voulu de moi. Il y en
a qui sont condamnés à mort, moi je suis condam-
née à vivre...

Martial interrompit Mlle d'Armaillac.

— Jeanne, donnez-moi ma part du supplice.

— Plus que vous ne voudrez, Martial. Vous
voulez railler en prononçant ce mot supplice,
mais prenez garde, car je suis sérieuse, moi. Vous
m'avez offert de m'épouser, j'accepte. Tant pis
pour vous, il fallait me renvoyer à ma mère quand

je pouvais retourner à elle le front haut et l'âme fière. Vous aviez une maîtresse, vous ne m'avez prise que comme une autre maîtresse. Quelle était la meilleure des deux? Je n'en sais rien...

— Ne parlons jamais de l'autre.

— Je n'en parlerai jamais! J'ai dit d'abord que je ne voulais pas de votre nom parce que vous aviez fait tout le mal. D'ailleurs, je ne pensais qu'à mourir, que m'importait un mariage *in extremis* qui n'eût fait que souligner ma faute? Mais aujourd'hui je reprends votre parole. Je serai votre femme.

Martial baisa avec effusion la main de Jeanne.

— Si c'est un sacrifice, je l'accepte avec religion, si c'est encore de l'amour, je l'accepte avec amour. Jeanne, je vivrai pour vous, rien que pour vous.

Jeanne sonna, Mme d'Armaillac reparut à la porte.

— Maman, lui dit sa fille, tout est arrangé. Dès que je pourrai aller à l'église, M. de Briançon m'épousera. N'est-ce pas, Martial?

Martial dit oui à la fille et à la mère.

— Écoutez, Martial, reprit Jeanne en lui parlant à mi-voix, le médecin nous a permis de rentrer chez nous aujourd'hui, vous viendrez nous

10.

voir tous les jours, mais promettez-moi de ne
plus revenir ici, c'est une maison maudite. Vous
vendrez les meubles et vous prendrez un autre
appartement.

— Vous avez raison, Jeanne, aussi ne reverrez-
vous rien de ce qui est ici, si ce n'est le portrait
de ma mère.

Mme d'Armaillac s'était approchée.

— Et maintenant, dit-elle à M. de Briançon,
embrassez Jeanne et allez-vous-en.

Martial s'en alla, le cœur content, mais l'esprit
inquiet : le cœur content parce que Jeanne lui
avait pardonné et lui avait souri par toute la magie de ses yeux et de ses lèvres; l'esprit inquiet,
parce que la question d'argent allait se poser devant la question d'amour; non pas qu'il songeât
à lui pour l'avenir, mais il ne voulait pas con-
damner Mlle d'Armaillac à une vie bourgeoise. Il
lui paraissait indigne de lui de ne pas donner à
sa femme toutes les joies du luxe; or comment
allait-il s'y prendre? Avec une demi-fortune
comme la sienne, c'était la ruine à courte échéance.

— *Alea jacta est*, s'écria-t-il en reprenant son
insouciance, s'il y a un Dieu pour les ivrognes,
il y a aussi un Dieu pour les amoureux.

Quand il rentra au Grand-Hôtel, deux heures

après, on lui remit une lettre aux armes, je veux dire aux parfums de Mlle Marguerite Aumont.

— Ah diable! dit-il, je ne songeais plus à celle-là.

Il y songeait encore. Mlle d'Armaillac avait pris son cœur sans en chasser Marguerite. C'était comme une place forte au moment de l'assaut, où amis et ennemis se combattent pied à pied. Ce sybarite s'était trop complu aux caresses de la courtisane pour n'en point garder un doux et vif souvenir. Il se rappelait avec un charme pénétrant toutes les scènes de cette comédie romanesque qui avait duré six mois : les promenades à la mer, les voyages à Monaco, les avant-scènes des petits théâtres, les soupers bruyants, les tête-à-tête voluptueux, toutes les folies de la folle jeunesse.

— Je ne veux pas lire cette lettre, dit Martial comme s'il craignait de se laisser reprendre à cet amour condamné.

Mais il n'eut pas le courage de déchirer la lettre.

En rentrant dans sa chambre, à l'hôtel, il la posa sur la cheminée. Mais au moment de se coucher, après avoir écrit une page profondément amoureuse à Jeanne, il ne put s'empêcher de reprendre la lettre de Marguerite, de la décacheter et de la lire.

Voilà ce que lui disait son amoureuse maîtresse :

« Mon cher Martial,

« J'ai voulu braver mon cœur, mais je m'avoue vaincue. J'ai passé devant toi, rieuse et insolente, mais aujourd'hui je n'y tiens plus, et je t'avoue que je meurs de chagrin. On s'imagine que rien n'est plus simple que d'aller d'un amour à un autre, mais pour cela il ne faudrait pas avoir de cœur.

« Je croyais que le cœur était un mot, mais c'est quelqu'un. Mon cœur, c'est tout moi. Si tu m'aimes encore, viens bien vite; si tu ne m'aimes plus, viens encore. Je te jure que je ne peux pas vivre sans toi. Si tu en aimes une autre, donne-moi une heure tous les jours pour me faire illusion. Je suis mortellement désespérée.

« Je t'embrasse. Je ne parle pas de mes larmes parce que c'est bête ; d'ailleurs, tu te moqueras de moi.

« MARGUERITE. »

Le comte de Briançon aurait bien voulu faire l'esprit fort en lisant cette lettre, mais il avait trop aimé Marguerite, peut-être l'aimait-il trop encore.

Il relut la lettre qu'il venait d'écrire à Mlle d'Armaillac, après quoi il relut la lettre de Marguerite.

— C'est bien, dit-il; me voilà enfoncé jusqu'au cou dans ces deux passions.

Il demanda conseil à sa raison et à son cœur; sa raison lui conseilla de ne plus voir Marguerite, mais son cœur l'emporta.

Il était minuit et demi. Il descendit sur le boulevard sans bien savoir encore ce qu'il allait faire.

Il prit une voiture qui le conduisit rue de Malesherbes, où il remit la lettre de Jeanne, mais la même voiture le conduisit chez Marguerite.

— Après tout, pensait-il, je puis bien la voir une fois encore pour lui dire adieu.

Mais...

Marguerite Aumont se jeta dans les bras de Martial en fondant en larmes. Il fallait bien la consoler.

Et...

Le lendemain à midi elle n'était pas encore consolée.

XXV

DE LA PLURALITÉ DES FEMMES

L E comte de Briançon oublia toute raison et toute dignité. On pourrait supposer que la question d'argent le dominait encore et l'éloignait de ce mariage promis et sacré. Il n'en était rien. Il avait fait le sacrifice de la fortune, décidé à vivre comme il plairait à Dieu. S'il était retombé dans les bras de Marguerite, ce n'était pas pour fuir Jeanne : il obéissait à la fatalité, comme tous ceux qui brisent leur volonté au premier choc.

— N'est-ce pas, lui dit Marguerite quand il la quitta, que c'est à la vie à la mort entre nous?

— Ne parlons pas de la mort.

— J'en veux parler, moi. Crois-tu donc que je

n'aurais pas le courage de me donner aussi un coup de poignard ? Et moi je ne me manquerais pas.

M. de Briançon savait que ces folies-là sont contagieuses, aussi voulut-il changer de conversation.

— Mon petit chat, tu es née pour vivre et pour être belle...

— Et pour t'aimer. Et pour que tu m'aimes. Je te condamne à dîner avec moi puisque tu refuses de déjeuner.

— Oui, je dînerai avec toi.

Martial promettait des lèvres, sans savoir ce qui allait se passer.

En rentrant au Grand-Hôtel, il trouva une lettre de Jeanne.

La pauvre folle s'était reprise à toutes ses illusions. Elle lui contait ses rêves de bonheur, tout un horizon d'or et d'azur; l'arc-en-ciel après l'orage.

Elle finissait sa lettre par ces mots :

« Ma mère vous aime comme son fils. Venez dîner avec elle. Je vous regarderai et je serai heureuse. Ce sera mon dîner, car ma gourmandise ne va encore que jusqu'au lait glacé. »

— Je dînerai avec Jeanne, dit Martial emporté par son cœur.

Mais, à l'heure du dîner, il aurait voulu se couper en deux.

Ceux qui n'ont pas aimé deux femmes ne comprendront pas Martial, mais de toutes les passions, celle de l'amour est la plus fantasque ; ce qui fait la force et la faiblesse du cœur, c'est qu'il n'a jamais passé par la logique d'Aristote.

M. de Briançon aimait Marguerite Aumont, et se sentait sous le charme de Jeanne d'Armaillac.

Ce n'est pas ma faute, ni la sienne, c'est la faute de son cœur.

Une comédienne, très-connue par l'esprit de son jeu et le jeu de son esprit, disait sans faire de façon :

— J'ai eu bien peu d'amants dans ma vie, mais j'en ai toujours eu deux à la fois.

— Pourquoi ! lui demandait-on.

— Parce que l'un me faisait aimer l'autre. Quand j'étais avec celui-ci, je me promettais toutes sortes de joies avec celui-là.

Et elle ajoutait :

— Il faut dans l'amour du réel et de l'idéal ; le réel c'est l'homme qui est à vos pieds, l'idéal c'est l'absent.

Mais tout le monde n'a pas cette philosophie de se servir à point du réel et de l'idéal. Combien qui prennent l'idéal pour le réel! Combien qui prennent pour leurs lèvres ce qui était destiné à leur âme!

Martial ne voulait pas brouiller les philosophes, Platon avec Aristote, Descartes avec Spinosa. Il aimait Jeanne comme Marguerite d'un amour qui renfermait tous les amours, mais tout à la fois réel et idéal.

Le cœur humain est l'abîme des abîmes; c'est vainement qu'on y descendra avec Werther et don Juan, Alceste et Des Grieux, ou plutôt avec Larochefoucauld et la Bruyère qui en remontreraient aux sept sages de la Grèce. Tout homme a son caractère et sa passion. Ce qu'il y a de plus merveilleux dans cette créature que Dieu a faite d'un peu d'argile et d'un rayon brisé, c'est qu'il lui a donné la diversité à l'infini. Une âme ne ressemble pas plus à une autre âme qu'un corps à un autre corps. Vu à distance, tout est pareil. Buffon dit : ceci est un homme, ceci est un lion, ceci est un aigle, ceci est une rose; mais combien de variétés pour le moraliste, pour le philosophe, pour le romancier, ce philosophe et ce moraliste par excellence quand il se nomme Le Sage ou Balzac. L'homme, dira M. de Buffon, aimera la femme par la loi de la nature; par la loi divine, dira un

11

poëte; selon Jésus-Christ, l'homme n'aimera que
sa femme; selon Mahomet il aimera toutes les
femmes si son champ de maïs est assez grand
pour les nourrir. Des analystes prétendent que le
cœur ne peut battre que pour une seule femme,
d'autres disent que ce foyer perpétuel peut se di-
viser à l'infini. Hier le Vésuve a brûlé Hercula-
num, demain il brûlera Pompéia. Est-ce l'esprit
qui gouverne le cœur, est-ce le cœur qui règne
sur l'esprit? La sibylle de Cumes, les sphinx d'É-
gypte, les sorcières d'Écosse, répondraient mal à
cette question. Faut-il écouter les poëtes qui ha-
billent l'amour d'une robe d'or et d'azur, qui donnent à Vénus l'arc-en-ciel pour ceinture, qui cou-
ronnent la volupté des auréoles de l'idéal? C'est
encore l'amour divin, mais il n'a déjà plus cette
primitivité savoureuse des simples de cœur : là
commence la pluralité des femmes, parce que la
poésie est la critique de l'œuvre de Dieu; elle
veut mieux faire dans son orgueil : Horace chante
les yeux de Lydie, mais il adore la chevelure de
Chloé, mais il se passionnera tout à l'heure pour
la bouche de Néera.

Après la poésie, sinon avec la poésie, vient la
décadence, ou si vous aimez mieux la civilisation,
ce qui est tout un. Les vanités, qui sont les gran-

des déesses du jour, ont répandu leurs poisons jusqu'au fond du cœur. C'est alors que se révèlent les Don Juan. Ils se prennent à une femme parce qu'elle est célèbre au bois ou à l'Opéra; ils se prennent à une autre parce qu'elle est renommée pour sa beauté parmi les duchesses. Un seul amour! c'est l'enfance de l'art. N'y a-t-il pas le soir et le matin? au théâtre la salle et les coulisses? dans le monde le sermon et les courses? Quand finit le bal des duchesses, la sauterie de ces dames est à peine commencée. Ne faut-il pas être des deux mondes? On ne compte à Paris que si on est coté dans les deux sphères. N'est-ce pas charmant d'avoir le paradis chez soi et l'enfer chez sa maîtresse? Qu'est-ce que le bonheur sans les larmes?

Dans la civilisation primitive, un homme aime une femme; elle devient sa contre-épreuve; son âme se forme à l'image de la sienne; il se retrouve en elle, il s'aime en elle, il souffre en elle et veut mourir en elle : c'est l'homme brutal et divin. On n'est plus tout d'une pièce, on n'a plus les mœurs barbares de la primitivité, mais le rayon du ciel ne passe plus sur le front; les plaisirs simples semblent trop simples, on les pimente par toutes les recherches de l'impossible et de l'imprévu, voilà pourquoi deux amours sont arrivés à se disputer le même cœur.

Ce sont les amours charmeurs, tyranniques, réprouvés, impitoyables.

Martial dîna avec Mme d'Armaillac, sous les yeux charmés de Jeanne.

Mais avant le dîner il avait écrit à Marguerite qu'il souperait avec elle.

XXVI

IL L'AIME, UN PEU, BEAUCOUP

CEPENDANT Mlle d'Armaillac ne reprenait pas de forces; elle avait beau vouloir vivre, elle ne pouvait vaincre la fièvre. Elle avait été atteinte profondément : non-seulement, pour la remettre sur pied, il lui fallait toute sa jeunesse, mais il lui fallait aussi beaucoup de temps. Elle espérait de semaine en semaine fixer le jour du mariage; mais déjà plus d'un mois s'était passé sans qu'on pût se décider à publier les bans.

M. de Briançon venait tous les jours deux fois; il déjeunait avec la mère et la fille. Jeanne ne se levait pas toujours; on traînait une petite table devant le lit pour donner à Jeanne l'illusion de la santé; elle était d'ailleurs heureuse; la du-

chesse *** et Mme de Tramont venaient la voir
souvent; on leur avait dit et elles avaient répété
dans le monde que Mlle d'Armaïllac avait eu une
crise terrible la veille de son mariage avec M. Delamare, qu'elle avait voulu se sacrifier aux idées
de sa mère, mais qu'au dernier moment, vaincue
par le sacrifice, elle avait voulu mourir.

Martial paraissait plus tendre que jamais; il
arrivait tous les jours avec des fleurs, des bonbons, des chatteries. On passait des heures en
causeries intimes. Comme Jeanne était curieuse,
il lui contait mot à mot toutes ses actions; elle
voulait qu'il continuât à aller dans le monde et
au théâtre, ne fût-ce que pour lui dire la chroni-
que littéraire et galante.

Quand je dis qu'il lui contait mot à mot toutes
ses actions, je perds de vue Mlle Marguerite Aumont. Mais lui ne la perdait pas de vue; s'il
donnait tous les jours quatre heures à sa fiancée,
il en donnait bien deux à sa maîtresse; il n'avait
donc rien changé à sa vie; il se promettait tous
les jours de rompre une bonne fois avec Marguerite, mais le lendemain il ne tenait pas compte de
sa promesse. Il avait vu beaucoup de ses amis ne
quitter leur maîtresse que la veille de leur mariage,
il s'abandonnait lâchement à sa double passion.

Un jour de beau soleil, la duchesse *** décida Mlle d'Armaillac à s'habiller et à descendre dans son landau.

— Ma toute belle, je vous conduirai au bois, c'est l'heure où il n'y a encore personne. Nous irons boire du lait au Pré Catelan.

Jeanne se laissa faire; il lui semblait qu'en respirant l'air vif à travers les arbres, elle reprendrait un peu de ses forces.

Elle était si faible encore qu'il fallut la porter dans la voiture de la duchesse; mais une fois dans l'avenue de l'Impératrice, elle se sentit mieux; elle remercia la duchesse en disant : « C'est vous qui me sauvez, voyez plutôt, je n'ai plus la fièvre. » Et elle tendit la main à son amie, qui lui dit que la gaieté de l'âme était la santé du corps.

Aussi ce fut un sourire perpétuel jusqu'au Pré Catelan.

— Enfin, pensait Jeanne, me voilà revenue à moi; c'est aujourd'hui vendredi, demain Martial pourra faire publier les bans; nous nous marierons dans quinze jours.

La duchesse devait partir pour l'Espagne; elle lui demanda de rester pour son mariage, en lui disant que cette fois c'était sérieux.

— Je suis si heureuse de votre bonheur, lui dit
la duchesse, que je ne partirai pas avant votre
mariage ; vous serez trop belle à voir ce jour-là
pour que je ne veuille pas me donner ce spectacle.

On arrivait au Pré Catelan.

— Quel malheur ! dit Jeanne, il y a déjà du
monde.

— Oh ! ne vous inquiétez pas, ce sont des ma-
lades ; d'ailleurs nous ne descendrons pas du
landau.

Quand on fut devant la laiterie, la duchesse
fit signe à une des femmes de service. Elle demanda deux tasses de lait. « Du lait chaud, dit-
elle, allez le chercher à l'étable. »

Comme Jeanne suivait des yeux la fille de service, elle vit apparaître deux figures qui la reje-
tèrent dans sa fièvre, presque dans son délire.
C'était M. de Briançon qui sortait gaiement de
l'étable avec Marguerite Aumont. On eût dit,
en vérité, qu'ils venaient de boire du vin de
Champagne, tant ils étaient en belle humeur.

Marguerite se pencha sur l'herbe pour cueillir
une pâquerette pendant que Martial roulait une
cigarette. La courtisane effeuilla la marguerite en
disant tout haut sans s'inquiéter des assistants :

— Tu m'aimes, — un peu, — beaucoup, — passionnément...

— Point du tout, dit Martial.

Marguerite lui jeta les pétales dans la figure.

A cet instant Mlle d'Armaillac tombait dans les bras de la duchesse.

— Ma chère Jeanne, qu'avez-vous donc?

— Ce que j'ai? Vous ne reconnaissez pas Martial avec sa maîtresse?

— Oui, je le reconnais. C'est infâme.

La duchesse pressa Jeanne sur son cœur.

— Oui, oui, cachez-moi bien, dit Mlle d'Armaillac, car je ne veux pas qu'il me voie.

Le soir, M. de Briançon devait venir dîner chez Mme d'Armaillac.

Il vint. C'était le même masque souriant, les mêmes regards amoureux. Jeanne était si malade qu'elle n'avait plus de voix.

— Ah! c'est vous, murmura-t-elle doucement.

Elle n'avait rien dit à sa mère.

— Comme je suis désolé de vous voir plus malade, Jeanne!

— N'est-ce pas? C'est qu'aujourd'hui j'ai encore reçu un coup de poignard.

Elle regarda fixement Martial.

11.

— Qu'avez-vous fait de votre matinée? lui demanda-t-elle d'une voix plus douce.

Martial n'avait aucune idée qu'on eût pu le voir avec Marguerite Aumont au Pré Catelan. Les enfants se mettent la main sur la figure et s'imaginent qu'on ne les reconnaît pas. Les Parisiens traversent Paris dans le flux et le reflux, dans le va-et-vient, dans le tohu-bohu, sans penser qu'ils sont en spectacle. Martial ne se cachait jamais, convaincu que nul ne s'inquiétait de ses actions, aussi répondit-il à Jeanne en toute insouciance :

— Vous savez, je suis allé çà et là. J'ai monté à cheval pour aller au bois et pour mieux penser à vous.

— Ah! oui, pour mieux penser à moi dans la solitude, n'est-ce pas?

— Les amoureux ne sont jamais seuls. Ne voient-ils pas toujours devant eux la figure aimée? Mais que parlez-vous d'un autre coup de poignard?

Mlle d'Armaillac, qui s'était contenue et qui avait caché sa blessure par un sourire, éclata dans sa colère.

— Oui, un coup de poignard; cette fois il sera mortel, car c'est vous qui me l'avez donné.

— Moi?

— Oui, je vous ai vu avec cette fille quand elle a effeuillé une marguerite pour vous la jeter à la figure.

Martial ne trouva pas un mot à répondre.

— Adieu, monsieur, reprit Jeanne en cachant ses larmes, vous m'avez tuée deux fois; si j'en reviens, faites-moi la grâce de ne pas me tuer une troisième fois.

Martial eut beau supplier par le regard et par la prière, Mlle d'Armaillac fut inflexible; elle lui indiqua la porte avec une volonté si impérieuse qu'il obéit sans le vouloir.

Il devait aller le soir, comme de coutume, chez Marguerite Aumont; il lui écrivit ce simple mot :

« Cette fois, Marguerite, c'est bien fini : la fatalité nous sépare, ne nous revoyons jamais.

« MARTIAL. »

Pour toute réponse, Marguerite envoya à Martial une lettre encadrée de noir.

C'était une invitation à son convoi pour le surlendemain.

On trouva cette page dans les papiers de Marguerite :

« Le bonheur ne se raconte pas. J'ai passé six mois dans toutes les joies du cœur, six siècles, — six jours!

« Je croyais au bonheur éternel, mais une femme est venue me jeter à la mer.

« Martial n'a pas cherché cette femme, mais cette femme l'a pris et me l'a pris. J'ai toutes les fureurs de la lionne et toutes les douleurs de l'abandon.

« Il vient de me dire adieu pour jamais, — pour jamais c'est le tombeau. — Je veux mourir.

« Croit-il donc que je vais rire de mon cœur comme la première venue! Non. Il m'avait soulevée dans l'abîme, j'y retombe brisée.

« J'en ai assez de cette vie impossible, à la recherche de l'argent des autres, sous la réprobation de tous, maudite par ma mère, maudite par moi-même.

« Ma mère! Je ne lui écrirai même pas. Ce que je veux, c'est l'oubli!

« Un pareil amour, n'est-ce pas l'expiation par la grâce! »

J'allai à l'enterrement de Marguerite. Il faut saluer tous les courages, même le courage de savoir mourir pour un bon sentiment.

On ne la jeta pas à la fosse commune, car M. de Briançon avait donné des ordres pour qu'elle eût un tombeau.

—Eh bien! me dit un ami devant la fosse refermée, elle ne sera pas oubliée. Si M. de Briançon ne meurt pas de chagrin, c'est qu'on ne meurt pas de chagrin; vous ne le rencontrerez pas à l'église, mais vous le rencontrerez au Père-Lachaise.

Au Père-Lachaise nous rencontrâmes Martial.

Il nous tendit la main gauche, car il avait la main droite en écharpe.

Il s'était battu pour un mot dit devant lui contre Mlle d'Armaillac.

— Je me suis battu pour une autre, nous dit-il, mais je crois que c'est elle que j'aimais.

XXVII

LES INSÉPARABLES

MADEMOISELLE d'Armaillac fut conduite un soir, par la duchesse ***, chez la célèbre duchesse au grain de beauté, plus connue sous le nom de la princesse que sous le nom de la duchesse; son mari qui n'était que prince était devenu duc, mais déjà la renommée de sa femme avait couru les deux mondes, si bien que la duchesse était toujours « la princesse au grain de beauté » ou « la princesse Charlotte. »

Tout Paris a vu la duchesse à l'œuvre : comment elle avait oublié son premier amant par le second; comment, par un raffinement de voluptueuse cruauté, elle avait embrassé celui-ci à l'heure où se tuait celui-là. Un philosophe qui n'aimait pas les femmes a dit que toutes avaient dans le sang une goutte de sang de vipère, voilà pourquoi il faut tout craindre d'une femme désœuvrée.

La princesse plut beaucoup à Mlle d'Armaillac. C'était un peu son contraste. Elle qui avait le caractère hautain et l'esprit impérieux, elle qui avait la beauté sculpturale, sévère, presque terrible, elle admirait en la princesse toutes les félineries et tous les serpentements d'une femme qui cache son jeu. Celle qu'on avait surnommée « un Ange sur la Terre » n'avait qu'un masque, la princesse en avait mille, tandis que Mlle d'Armaillac n'en avait point du tout. La princesse s'abandonnait à toutes les molles attitudes des femmes vaporeuses et romanesques; c'était tour à tour un roseau brisé et un roseau qui relevait la tête.

Dans ses yeux profonds on lisait les livres les plus opposés; elle avait la science du sourire comme la science de l'éventail. C'est devant elle que François Ier eût chanté sa chanson : « Souvent femme varie, bien fol est qui s'y fie. » Son âme ne gardait jamais les mêmes images, pareille à un miroir qui passe dans la rue. Elle était affamée d'amour, mais elle méprisait les amou-

reux. Elle les trouvait sots et fats, aussi s'amusait-elle, comme à la comédie, de toutes les séré-
nades qu'ils lui débitaient. Elle avait dit un soir
à son second amant : *Monsieur, je ne vous con-
naîs pas.* Et depuis qu'elle avait brisé, elle s'était
juré de ne plus recommencer ce qu'elle appelait
un métier de dupe. Elle avait, comme cette autre
grande dame bien connue, la fierté de l'épi-
derme ; elle ne pouvait plus se résigner à être à
quelqu'un, pas même à son mari qui se résignait
à faire le bonheur de Mlle Fleur de Pêche.

On parlait dans le monde de la princesse à peu
près comme on parlait de Mlle d'Armaillac : on
les croyait un peu beaucoup fantasques ; on les
traitait d'esprits forts ; on les jugeait grandes co-
quettes ; mais on n'allait pas jusqu'à les accuser
d'avoir passé le Rubicon de l'amour. Dès qu'elles
se virent, ce fut une vraie passion de l'une pour
l'autre ; au bout de huit jours elles ne pouvaient
plus se quitter. On sait que Mlle d'Armaillac
avait aussi un grain de beauté, on finit par les
surnommer dans leur monde « les deux grains de
beauté. » On ne manqua pas de dire qu'elles
étaient trop passionnées l'une pour l'autre, comme
on avait dit il y a dix ans de la chanoinesse rousse
et de la Messaline blonde.

Un moraliste qui s'appelle comme moi a dit quelque part : « Ce n'est pas l'homme qui perd la femme, c'est la femme. »

Mlle d'Armaillac s'était bien perdue toute seule, mais au moins, c'était le cœur qui avait emporté l'esprit. L'amour quand il est vrai est à moitié pardonné. La princesse faillit entraîner Jeanne dans l'amour qu'on ne pardonne pas : l'amour pour de l'argent — ou, si vous aimez mieux, pour des perles. — Combien de vertus qui ne résisteraient pas à un collier de perles de dix mille louis ! Donc un jour, la princesse ennuyée d'entendre toujours Jeanne se lamenter dans les tristesses de son premier amour, la jeta sur le chemin d'un grand d'Espagne, qui ne rencontrait pas à Paris beaucoup de rebelles.

C'était le duc d'Obanèz.

XXVIII

LES DEUX VENGEANCES

LA princesse donna un bal, Jeanne y vint avec Mᵐᵉ de Tramont, parce que sa mère avait une violente migraine pour avoir teint ses cheveux.

Ce soir-là Jeanne triompha sur toute la ligne.

Mᵐᵉ de Tramont, toujours étourdie et non moins distraite, s'en alla à minuit et demi, oubliant la jeune fille.

Jeanne oublia elle-même Mᵐᵉ de Tramont, parce qu'elle flirtait avec le duc d'Obanèz, en regard du comte de Briançon, qui souffrait mille morts.

C'était le premier festin de sa vengeance.

Pourquoi, vers trois heures, Mˡˡᵉ d'Armaillac

se faisait-elle reconduire sans faire de façon par le duc d'Obanèz ?

C'est qu'elle prenait le chemin des écoliers.

C'était peut-être aussi pour braver Martial, qui ne la perdait pas des yeux et qui la vit partir en même temps que le grand d'Espagne, sinon avec le grand d'Espagne.

Pendant le trajet de la rue de Morny à l'avenue de l'Impératriee, il se passa cette petite comédie.

Le duc d'Obanèz, pour sauver les apparences, avait dit qu'il prêtait son coupé à Mlle d'Armaillac, pour la conduire chez sa mère.

Et il était monté en fiacre pendant que Jeanne montait dans le coupé. A tout seigneur tout honneur, le coupé passa en avant.

Or, le fiacre fut suivi par un second fiacre, lequel fut suivi par un troisième fiacre.

M. de Briançon suivait dans le troisième fiacre. C'était prévu.

Mais qui donc s'embarquait dans le quatrième fiacre ? C'était une jalouse. C'était une femme mariée qui avait été un instant la maîtresse du duc d'Obanèz, et qui trouvait abominable qu'une femme — non mariée — se laissât faire la cour par ce Don Juan..

Arrivé à l'Arc de Triomphe, le coupé, suivant les instructions données, s'arrêta. Le duc descendit du premier fiacre et monta à côté de Mlle d'Armaillac.

— Je suis effrayée, lui dit-elle ; on dirait que notre voyage est un convoi. Voyez donc tous ces fiacres.

Le duc eut beau faire signe au cocher d'aller vite, les chevaux de fiacre prirent le mors aux dents.

Quand toute cette suite funèbre arriva à la porte de l'hôtel, Martial descendit presque en même temps que le duc d'Obanèz. Il était désespéré et furieux ; il voulait se jeter entre le duc et Mlle d'Armaillac.

Heureusement ou malheureusement, la femme mariée, non moins désespérée et non moins furieuse, appela Martial.

— Monsieur, où sommes-nous ? lui demanda-t-elle pour cacher son jeu.

— Je n'en sais rien.

La colère et la jalousie de la dame avaient abattu la jalousie et la colère de Martial. Il la trouvait fort jolie au clair de la lune, et, comme l'amour en lui n'étouffait pas le libertinage, il lui proposa gravement de la remettre dans son chemin. Elle le savait de trop bonne compagnie pour refuser l'occasion de se venger du duc.

Et d'ailleurs il n'était pas bien sûr que ce fut Mlle d'Armaillac, d'autant moins que la dame colère et jalouse croyait avoir reconnu, au dernier moment, une comtesse de ses amies.

XXIX

LE MUSÉE DES TENTATIONS

CEPENDANT le duc d'Obanèz, qui n'avait pas peur des embarras de voitures quand il conduisait aux Champs-Élysées, se trouva dans un embarras de femmes en rentrant chez lui. Ce grand d'Espagne, qui avait fui son pays un jour de révolution, n'avait d'autre ambition que d'être bon capitaine dans les batailles de femmes ou bon politique dans les aventures galantes. Qui ne le connaît à Paris dans le monde des fêtes et des robes à queue ? Il a ses entrées partout. Chez ces demoiselles, comme chez ces dames, on l'aime pour ses cheveux noirs, pour sa barbe héroïque, pour ses yeux d'aigle, pour sa raillerie diabolique, pour son cœur d'or — et peut-être aussi pour son

argent comptant — Il en a tant qu'il pourrait en-
tretenir les trois ou quatre rois qui sont en villé-
giature à Paris. Il adore les femmes blondes, mais
il ne hait pas les femmes brunes, encore moins les
rousses ; pourvu qu'une femme soit une femme
par la beauté, par le charme ou par l'esprit, elle
est fort de ses amies. Il se fera tuer pour un mot
mal sonnant dit contre une d'elles, car chez lui
l'épée est aussi vaillante que le cœur. Il a une autre vertu : chez lui tout est mystère ; il ne conte
pas ses aventures et ne permet pas qu'on les conte
par à peu près ; en un mot, c'est un galant homme
de la tête aux pieds. Il habite, avenue de l'Impératrice, le petit hôtel du duc de Parisis, que lui a
loué la duchesse, depuis que la pauvre Violette
s'est réfugiée en Bourgogne. Il n'a pas la prétention de don Juaniser comme Octave ; il ne se
croit pas un tel virtuose, mais enfin il tient bien
son jeu ; il est un peu distrait et oublieux ; il a
tant d'affaires amoureuses sur les bras qu'il ne
sait pas toujours où donner de la tête. Voilà pourquoi le soir du bal de Mme de Tramont il se trouva
dans un embarras de femmes. Sans doute il avait
prouvé à Mlle d'Armaillac que le plus court chemin pour aller chez sa mère était de passer par
l'avenue de l'Impératrice. Il était d'ailleurs sur-

pris que Jeanne lui résistât si peu : elle paraissait
s'abandonner à lui comme si elle fût entraînée par
l'amour. Il s'imaginait déjà qu'elle allait lui tomber dans la main comme une pêche mûre.

Mais ils étaient à deux de jeu ; Mlle d'Armaillac n'écoutait plus son cœur comme la première
fois. Voulait-elle se venger de son premier amant
en devenant la maîtresse du duc d'Obanèz ? Non.

Voulait-elle se venger de l'argent par l'argent ?
Elle avait trop longtemps souffert de n'en avoir
pas ; sa beauté radieuse demandait un cadre d'or ;
Dieu ne lui avait-il pas donné droit aux diamants
et aux perles ? Elle était humiliée d'aller en fiacre
comme une bourgeoise, il lui était même arrivé
de prendre l'omnibus comme un blanchisseuse.
D'un regard rapide et sûr, elle commençait à ju-
ger le monde pour ce qu'il vaut. Qu'est-ce que la
vertu ? Une femme qui ne sait pas s'habiller,
une fille qui renonce à tout hormis au confes-
sionnal. Maintenant que le cœur avait entraîné
Jeanne si loin dans le péché, elle ne pouvait
plus avoir l'estime de soi-même ; que lui importait l'estime des autres, si elle pouvait mener la vie
à quatre chevaux ? Et d'ailleurs, avec son nom
et sa fierté, se sauverait-elle pas les apparences ?
Qui oserait l'accuser, dans ce beau monde, où les

trois quarts des femmes n'osent pas jeter la première pierre ? où les hommes ne sont charmants
qu'avec les pécheresses?

Mais pour mener la vie à quatre chevaux, il
faut avoir de quoi les nourrir ; c'est pour cela que
Jeanne s'aventurait cette nuit-là avec le duc d'O-
banèz, ne voulant pas s'avouer qu'elle était à vendre, mais décidée à accepter dans la corbeille de
ce mariage de la main gauche, une rivière de diamants ou plutôt un collier de perles à cinq rangs
que le grand d'Espagne lui avait déjà promis.

C'était, disait-il, par amour de l'art : ne donne-
t-on pas des bijoux à la madone ? Il n'était jamais
si heureux que le jour où il plaçait si bien ses
diamants ou ses perles. Embellir une femme déjà
belle, n'est-ce pas faire œuvre d'artiste ? Si bien
que Mlle d'Armaillac pouvait se figurer que le duc
d'Obanèz ne ferait avec elle que de l'art pour l'art.
D'ailleurs, elle s'était donnée pour rien, elle ne
voulait pas se donner pour de l'argent.

Le grand d'Espagne ne pénétrait pas l'âme de
Mlle d'Armaillac; il avait bien quelque fatuité,
mais il s'étonnait pourtant de vaincre si vite cette
belle dédaigneuse. Il ne pouvait croire que la
question d'argent fût pour quelque chose dans
l'entraînement de Jeanne. Au fond, c'était un

philosophe pratique, il prenait les femmes comme elles sont, sans les vouloir passer au laminoir de Platon ou de La Rochefoucauld. Il savait bien que le moraliste qui a dit : « toutes les femmes sont la même, » n'avait connu qu'une femme. Toutes les femmes sont la même pour trahir, mais non pour se laisser prendre.

Cependant le coupé du duc avait passé la grille et arrivait devant le perron ; un valet de chambre se présenta à la portière.

— Monsieur le duc est attendu, murmura-t-il à mi-voix.

— Ah ! diable, pensa le duc, j'avais oublié.

— Madame, dit-il à Jeanne en lui offrant la main pour descendre, il paraît qu'il y a chez moi un conciliabule politique. Je vous demande cinq minutes pour mettre tout le monde d'accord. Je vais vous conduire dans le petit salon.

Le valet de chambre se pencha à l'oreille du duc. « Mais, monsieur le duc, il y a une de ces dames dans le petit salon. »

— J'ai tout deviné, dit Mlle d'Armaillac, vous m'avez offert une tasse de thé sous prétexte de me montrer vos richesses ; mais il paraît que la place est prise, je m'en vais.

Jeanne voulut remonter dans le coupé ; comme le duc la retenait :

— Non, dit-elle, en reprenant son air impérieux ; mettez vos femmes à la porte, ou je m'en vais.

Le duc obéit en se disant : « celles-là reviendront. »

Il s'imaginait avoir raison bien vite du cœur de Jeanne, — qui, selon la princesse, ne cherchait que l'occasion de se venger, — mais tout se passa en vagues conversations. Dès que le duc disait un mot galant, Mlle d'Armaillac prenait son grand air. Il ne voulut pas la laisser partir sans lui faire traverser les salons et les chambres de son hôtel.

C'était le Vatican aux flambeaux. Le duc donnait un peu dans le théâtral ; il n'était pas fier de sa fortune, mais il était fier de ce petit palais où il avait amassé pour trois ou quatre millions de marbres, de bronzes et de meubles rarissimes.

— Pourquoi me faites-vous voir tout cela ? lui demanda Mlle d'Armaillac. Est-ce que vous voulez me prendre à vos piéges dorés ? Songez donc que si je suis venue ici, c'est parce que je n'ai pas peur de vous.

— Non, ce n'est pas pour cela, mais toutes ces belles choses s'ennuieraient si on ne les regardait pas. Quand j'ai la bonne fortune de rencontrer une femme de haut goût, je la promène ici — si elle est belle — pour être agréable à mes antiques.

Jeanne admirait en passant, mais passait vite en disant : — Vous savez que ces dames vous attendent.

Elle allait redescendre l'escalier quand le duc la retint par ce mot :

— Nous avons oublié les bijoux.

Devant ce mot, une femme n'est jamais maîtresse d'elle-même, aussi Mlle d'Armaillac retourna-t-elle sur ses pas vers un petit cabinet près de la chambre à coucher du grand d'Espagne.

— Voyez, dit le duc d'Obanèz, comme j'ai bien habillé ce cabinet introuvable.

La pièce était tendue de damas rouge pourpre qui rehaussait encore l'éclat des bijoux épars dans trois armoires en bois noir d'un dessin sévère. Une quatrième armoire renfermait les décorations du duc : la Toison d'or et les menus hochets de la vanité.

Mlle d'Armaillac s'arrêta d'abord devant cette armoire.

— Avouez, dit-elle au duc, que vous êtes bien plus femmes que nous, vous autres hommes.

Toutes ces croix ne sont que des prétextes à vous habiller mieux.

— Aussi les appelons-nous des décorations. Vous faites l'esprit fort, mademoiselle, mais si je vous donnais à choisir entre une commanderie à vous mettre au cou et une rivière de diamants, que choisiriez-vous?

Le duc entraînait Mlle d'Armaillac vers l'armoire aux diamants, mais elle s'arrêta devant l'armoire aux perles.

— Ce que je choisirais, dites-vous? Ce serait ce collier de perles à cinq rangs.

— Vous aimez mieux les perles que les diamants?

— Mille fois mieux. Songez donc que les perles, si j'en crois la légende, sont tombées toutes vivantes du sein de Vénus. Ce sont des filles de la mer qui ne demandent qu'à vivre sur le cou ou sur le bras des femmes.

Le duc ouvrit l'armoire aux perles.

— Oui, oui, dit-il en prenant le collier, ces filles de la mer seraient bien heureuses, les gourmandes qu'elles sont, de vivre sur votre sein. Comme elles deviendraient belles, si vous les nourrissiez de votre chair de pêche!

Disant ces mots, le grand d'Espagne passa le

12.

collier au cou de Mlle d'Armaillac. On n'a pas oublié qu'elle était décolletée, puisqu'elle venait du bal de la princesse ***. Le duc dégraffa la pelisse pour que les perles prissent leur place en toute liberté.

— Voyez, reprit-il, on dirait que ces perles sont déjà heureuses d'être à un si beau festin.

— Chut, dit Jeanne en ramenant sa pelisse, je ne suis pas ici au bal, je suis chez vous.

— Les femmes sont adorablement illogiques, elles vont au bal à moitié nues, sans s'émouvoir et sans rougir, mais elles ne veulent pas montrer un petit coin d'elles-mêmes quand elles sont en tête-à-tête.

— Que voulez-vous, les femmes au bal ce sont des statues dans des jardins publics.

Mlle d'Armaillac s'était mise une seconde fois devant la psyché pour voir si elle était belle avec des perles.

— Oui, oui, dit-elle, les perles me vont bien ; comme c'est doux à porter !

— C'est doux et chaste. Une femme sans perles est trop décolletée.

— Vous avez peut-être raison, aussi je vous emporte ce collier pour jusqu'à demain.

— Oui, dit le duc avec empressement, faites-nous cette grâce, à moi et à mes perles; dormez cette nuit avec elles : elles seront bien plus belles quand vous me les rapporterez. ,

Le duc avait pris la main de Mlle d'Armaillac, tout en se penchant pour l'embrasser sur les cheveux.

— Un baiser pour chaque perle, dit-il.

— Rien que cela, mais songez donc que nous ne pourrions pas compter. Vous êtes bien gourmand, mon cher duc ! Et si je vous prenais au mot?

— Prenez-moi au mot.

Et, souriant : — Je ne vous prendrai pas à la gorge pour reprendre mes perles.

— Rassurez-vous, demain je me risquerai une seconde fois ici pour vous les rapporter, mais seulement à minuit, après avoir émerveillé tout le monde à l'Opéra.

— Ne faites pas cette folie, les jalouses jaseraient sur vous.

— Allons donc ! elles diront que j'ai des perles fausses, c'est ce qui m'amusera.

Le duc avait embrassé Mlle d'Armaillac. Elle s'indigna à demi et lui dit :

— Voilà qui est bien mal, vous ne me connaissez donc pas?

— Voyons, voyons, ma belle effarouchée, j'ai à peine touché aux cheveux. Je croyais que c'était déjà convenu, une perle par baiser.

Jeanne sourit.

— Alors, j'ai déjà une part du collier.

— Oui, certes, et sachez bien que mon plus grand chagrin sera de le reprendre, car vous me prenez mon cœur et mon collier, et en me rendant mon collier vous ne me rendrez pas mon cœur.

— Des phrases, des phrases, dit Jeanne en gagnant la porte.

Le duc la conduisit à sa voiture; en lui prenant la main devant le marchepied, il y appuya ses lèvres.

— Prenez garde, lui dit-elle, cela fait deux perles.

— Oui, oui, dit le duc en remontant le perron, mais il n'y a que la dernière perle qui coûte.

XXX

LE COLLIER DE PERLES

I L était cinq heures et demie du matin quand Mlle d'Armaillac rentra chez elle. Sa mère dormait sans inquiétude; elle ne doutait pas que Jeanne ne fût désormais en garde contre les amoureux. D'ailleurs, Mme de Tramont lui avait dit que Jeanne coucherait chez elle si le cotillon se dansait trop tard.

Naturellement, Mlle d'Armaillac ne réveilla pas sa mère pour lui dire qu'il était cinq heures et demie.

A six heures, elle n'était pas encore couchée.

C'était sans doute un charmant spectacle de la voir demi-nue devant une armoire à glace de Boule, se mirant et s'admirant dans son collier !

Habillée ou déshabillée elle ne s'était jamais trouvée si belle. Les jeunes filles de vingt ans ne sont pas encore, pour la plupart, dans l'épanouissement de leur jeunesse; les bras sont trop maigres et les mains sont trop rouges; les épaules ne sont pas nourries de chair comme à quelques années de là. Mais Mlle d'Armaillac était du petit nombre des jeunes filles qui sont entrées dans la luxuriance de leur beauté.

Aussi, au point de vue de l'art comme au point de vue de l'amour, ce devait être un régal des dieux de voir cette belle fille, de face, de profil, de trois quarts et de dos, comme elle se voyait elle-même par les réflexions de la glace de son armoire et de la glace de la cheminée. Elle avait des mouvements adorables pour changer le tableau, tantôt renversant la tête d'un air provoquant, tantôt la penchant d'un air rêveur. Elle prenait toutes les attitudes de la grâce pudique et de la grâce désinvoltée. Elle n'avait gardé sur elle qu'une chemise de batiste, un nuage transparent qui passe doucement sur le ciel. Et encore le nœud du ruban qui retenait la chemise était-il dénoué, si bien qu'un des seins apparaissait dans toute sa fierté radieuse, comme le sein de Diane apparut à Endymion au-dessus de la feuillée où elle se cachait.

Jeanne faisait çà et là quelques pas, traînant d'adorables petites pantoufles, plus petites que ses pieds, car je l'ai dit, le seul défaut de ce chef-d'œuvre qui s'appelait Mlle d'Armaillac, c'était des pieds et des mains qui dépassaient la mesure de quelques millimètres. Mais comme le contour, la finesse, la fierté de la jambe, le dessin élégant et arrondi du bras rachetaient ce défaut imperceptible! Or, ce n'était ni à sa beauté ni à ses beautés que s'arrêtait le regard de Mlle d'Armaillac : les trois cents perles du collier étaient trois cents yeux qui la fascinaient; les diamants jettent des feux et éblouissent, les perles ont la douceur voluptueuse des yeux bleus; le regard est moins vif, mais il est plus doux. Non-seulement Mlle d'Armaillac était prise par les yeux, mais elle était prise par la gorge et par le cou. Le collier l'enlaçait et l'étreignait.

Comme elle avait beaucoup d'imagination, elle ne douta pas que la légende ne fût vraie; les perles vivent, mais elles ne vivent que sur un sein jeune et beau. Il faut qu'un sang généreux bleuisse ces veines de marbre rosé. Jeanne sentit que les perles du duc d'Obanèz étaient déjà heureuses à son cou; elle les prit doucement dans sa main et les baisa.

— O mes chères perles, comme je vous aime et comme vous m'aimerez !

Mais un nuage passa sur le front de Mlle d'Armaillac.

— Hélas ! dit-elle, ces perles ne sont pas à moi : elles me coûteraient si cher, que je n'aurais jamais le courage de les payer.

Mais, après un instant de réflexion, elle se demanda si elle aurait jamais le courage de les rendre.

Il y a de la féerie dans les bijoux. Un philosophe a parlé de la malice des choses, celui qui parlera de l'âme des choses ne sera ni plus ni moins philosophe. Un livre aimé n'a-t-il pas une âme comme une maison, comme un portrait ? Tentez de prouver à une jeune fille que les diamants, les rubis, les émeraudes, les opales, les turquoises, les topazes n'ont pas aussi une âme, comme naguère leur poupée. Elles baisent ces pierres précieuses comme si elles étaient vivantes ; au retour du bal, elles les couchent bien douillettement dans leur écrin, comme dans un berceau. Mais les perles, c'est bien mieux encore, elles ne les couchent pas, elles se couchent avec elles ; c'est le même sommeil, les mêmes agitations, les mêmes rêves, les mêmes tressaillements.

Mlle d'Armaillac se coucha avec ses perles, je me trompe, avec les perles du duc d'Obanèz.

Elle dormit jusqu'à onze heures dans tous les enivrements du rêve.

En s'éveillant, elle baisa les perles.

— Par malheur, dit-elle, ce soir je ne les aurai plus !

XXXI

LE MIROIR AUX ALOUETTES

E jour-là, le duc d'Obanèz écrivit un joli billet à Mlle d'Armaillac pour lui dire des douceurs et pour faire acte de haute galanterie, car il cacheta le billet avec une couronne de diamants.

Il y avait là sept diamants qui lui avaient coûté vingt-cinq mille francs.

Mlle d'Armaillac trouva cela d'un joli goût, mais elle voulut lui prouver qu'elle ne se payait pas de cette monnaie-là. Elle lui répondit :

« Mon cher duc, vous êtes du dernier galant,
« mais pour vous prouver que j'aime mieux les
« diamants de votre style que ceux de votre écrin,
« j'ai broyé moi-même les sept pierres que vous
« avez jetées dans mon jardin et je vous les ren-

« voie dans ce billet. Vous ne direz pas que je n'ai
« pas de l'encre de la grande vertu.

« A ce soir ! Je vous serre la main sans ran-
« cune.

« JEANNE. »

En effet, ces onze lignes étaient éblouissantes :
Mlle d'Armaillac avait séché l'encre sous la poussière des diamants.

Le duc mit la lettre dans un écrin après avoir
écrit sur le revers : « *Vingt-cinq mille francs de
poussière.* »

Il pensa que Jeanne était une femme digne de
lui.

— Il y a là, dit-il, un tempérament de reine —
de la main gauche. — Mais si elle continue, tous
mes bijoux y passeront — avant elle.

Il se promit de mieux jouer de son miroir aux
alouettes.

XXXII

HISTOIRE D'UNE INNOCENCE

CE soir, quand Mlle d'Armaillac vint à onze heures et demie, selon sa promesse, chez le duc d'Obanèz, il n'était pas encore rentré. Mais une femme de chambre, toute mystérieuse par son silence de statue, vint la prendre à sa voiture pour la conduire dans le petit salon. Ce petit salon, qu'elle connaissait déjà bien, pouvait s'appeler le salon des femmes, non pas seulement parce qu'on y respirait une vague odeur de poudre de riz, mais parce qu'il y avait une psyché, des jardinières, des bouquets, *la Vie parisienne* et tous les journaux féminins. Jeanne se promena, regarda les fleurs et se regarda elle-même.

Elle entendit ouvrir une porte.

— Ah ! c'est le duc, dit-elle ; il a raison de ne pas me faire attendre, car j'allais m'en aller.

Ce n'était pas le duc, c'était une jeune fille, qui entra toute pâle dans le petit salon, en regardant Mlle d'Armaillac d'un air effaré.

— Pardonnez-moi, dit-elle en s'inclinant ; je me suis trompée de porte, sans doute, car je viens pour M. le duc.

Jeanne avait remarqué que la jeune fille était fort jolie ; c'était la nature sans l'art, seize ans à peine, des cheveux brunissants, des yeux d'outre-mer, un profil raphaëlesque, une expression d'in-génue qui n'a pas appris l'innocence au Conser-vatoire ; ni petite ni grande, vêtue comme une modiste ; ce qu'elle avait sur elle avait bien coûté 90 francs ; pas trop mal coiffée, pas trop mal chaussée ; la lèvre supérieure, légèrement relevée, semblait une coquetterie de la nature, puisqu'elle découvrait d'admirables dents sous un sourire commencé.

Il ne fallut pas beaucoup de temps à Mlle d'Ar-maillac pour deviner ce que cette jeune fille venait faire à une pareille heure chez le duc d'Obanèz. Quand un riche étranger est à Paris depuis peu de temps, et même depuis longtemps, la grande ville se fait un sérail pour lui ; elle met en quatre pour lui dépêcher ses plus jolies sultanes ou ses plus jolies odalisques ; il n'a que la peine de jeter le mouchoir.

— Pauvre fille! murmura Jeanne, elle a son cœur qui bat comme une comédienne à son premier début.

Elle regarda encore la nouvelle venue, comme pour l'interroger.

— Asseyez-vous, mademoiselle ; le duc ne tardera pas à venir. Vous pensiez le trouver ici ?

— Oui, madame, m'a tante ma dit que le duc m'attendrait ce soir à onze heures.

Après un silence, Jeanne risqua encore une seconde question.

— Votre tante s'est peut-être trompée ? n'était-ce pas à onze heures du matin plutôt qu'à onze heures du soir ?

— Oh non, madame, mais si madame est attendue elle-même, je m'en irai et je reviendrai demain.

— Non, je ne suis pas attendue ; je ne tiendrai le duc que pendant cinq minutes, après quoi il sera tout à vous. Mais vous êtes bien jolie pour rester en tête-à-tête avec lui entre onze heures et minuit : vous n'avez pas peur ?

Jeanne s'étonnait d'oser faire de pareilles questions.

La jeune fille leva les yeux sur Mlle d'Armaillac comme pour lui demander de quel droit elle l'interrogeait ainsi, mais elle subit la volonté de Jeanne et répondit doucement :

— Non, je n'ai pas peur.

— Et d'une voix étouffée : — Mais je ne viens pas pour m'amuser.

— Cela se voit tout de suite, mademoiselle. Vous connaissez le duc depuis longtemps ?

— Je ne le connais pas du tout, mais il m'a vue chez une dame de ses amies où je portais un jour un chapeau.

— Il veut donc se faire coiffer par vous ?

La jeune fille rougit.

— Je ne veux pas vous offenser, mademoiselle.

— Vous avez raison, madame, car je ne suis pas ce que vous croyez ; aussi il ne faut pas m'en vouloir, car je ne viens ici qu'à mon corps défendant.

— Moi, vous en vouloir ! je vous trouve charmante et je me sens pour vous une vive sympathie.

La modiste sembla remercier Jeanne d'un regard reconnaissant.

— Voyez-vous, madame, la pauvreté est une

mauvaise école. Ce n'est pas pour moi que je parle,
car il ne faut pas tous les biens du monde pour
vivre. Dieu merci, je gagne mon pain ; ma maîtresse me donne trente francs par mois. Avec cela,
je suis mal nourrie et mal logée, mais c'est égal,
il y en a qui n'en ont pas tant et qui ne demandent pas la charité.

— Le duc est un brave cœur.

— Oui, c'est ce qu'on m'a dit ; voilà pourquoi
je suis venue.

— Vous êtes venue toute seule ?

— Ma tante m'a conduite ; elle m'attend dans
un fiacre.

— Qu'est-ce que votre tante ?

— C'est la sœur de ma mère.

— Je n'en doute pas.

— Ce n'est pas cela que je voulais dire : je suis
descendue chez ma tante à Paris ; ma mère nous a
écrit qu'elle était sur la paille ; on a vendu ses
meubles, on menace de vendre sa petite maison,
parce qu'elle a signé pour mon frère, qui est un
mauvais sujet.

— Ah oui, je comprends : c'est le duc qui sau-
vera la maison de votre mère.

Sans le vouloir, sans doute, la modiste joua sur
les mots.

— Oui, la maison sera sauvée, mais moi, je serai perdue.

— Ah, si j'étais riche ! pensa Jeanne.

Elle demanda à la jeune fille ce qu'il fallait pour payer les créanciers de son frère.

— Ma mère était folle, madame. Figurez-vous qu'elle a signé pour onze mille francs de billets.

— Et vous espérez que le duc va vous donner ces onze mille francs ?

— Non pas onze mille, mais dix mille.

Et la modiste ajouta à mi-voix :

— Voilà de l'argent qui me coûtera cher.

Mlle d'Armaillac entendit.

— Qui sait ? pensa-t-elle, cette pauvre fille, qui vient ici en sacrifice, n'a peut-être pas encore eu d'amants ?

Elle se rapprocha d'elle et lui parla de son art de faire les chapeaux. Elle lui promit sa pratique. Elle lui dit qu'il fallait que le duc lui donnât vingt mille francs, dix mille francs pour sa mère et dix mille francs pour elle-même, afin qu'elle pût s'établir modiste.

— Oui, dit la jeune fille, quoique ce ne soit pas un si bon métier que cela. Voyez-vous, madame, dans les chapeaux, comme dans les robes, il n'y a plus que trois ou quatre maisons qui tiennent bon ; par exemple, celles-là font tous les jours des mille et des cents.

A cet instant le duc s'annonça par le roulement de son coupé dans la cour de l'hôtel.

— O mon Dieu ! je suis sûre que c'est M. le duc, reprit la modiste.

Son cœur battait plus fort, sa figure était plus blanche. Beaucoup d'autres, à sa place, eussent été ravies de venir tenter la fortune dans ce merveilleux hôtel, avec un grand d'Espagne familier à toutes les prodigalités. Mais Jeanne voyait bien que cette jeune âme ne se laissait prendre ni au luxe ni à la curiosité ; ce n'était pas encore une fille d'Ève, elle n'avait pas franchi le cercle de la vie de famille pour se risquer au premier cercle de la vie amoureuse.

XXXIII

MADEMOISELLE AUBÉPINE

EANNE alla au-devant du duc.

— Mon cher ami, lui dit-elle, on ne peut
pas venir chez vous sans coudoyer des femmes. Il y
a là, dans le petit salon, une très-jolie fille qui vous
attend.

— Ah ! oui, une petite modiste, dit le duc qui
n'avait pas tout à fait oublié. C'est une petite
modiste qui s'appelle Aubépine, parce qu'elle est
toute blanche et toute printanière.

— N'allez pas si vite, j'ai une grâce à vous
demander.

— Accordé, dit le duc étourdiment.

— Vous me jurez que vous allez faire ce que
je vous demanderai.

— Oui, si vous ne me demandez pas de vous mettre à la porte.

— Eh bien, mon cher duc, je vous prends au mot; celle que vous allez mettre à la porte, c'est Aubépine.

Le duc parut réfléchir.

— Ce n'est pas de jeu, ma belle amie, à moins, pourtant, que vous ne preniez sa place.

— Oh non! Vous m'avez promis de ne jamais me parler amour.

— Alors, à quoi bon dépeupler mon hôtel? Je vous ai déjà dit que j'avais peur des fantômes la nuit quand j'étais seul.

— Eh bien, sur mon âme et sur la vôtre, je vous jure à mon tour que vous ne toucherez pas à Aubépine.

— Qu'est-ce que cela vous fait?

— O mon Dieu, je ne suis pas jalouse et je ne pense pas à moi en cette affaire; écoutez bien, mon cher duc, vous êtes un galant homme; on vous jette cette fille sur les bras parce que vous lui donnerez 10,000 francs...

— Il paraît que vous êtes bien renseignée.

— Je sais tout; cette fille vient pour se sacrifier à sa mère; donnez les 10,000 francs et ne la prenez pas. Cela vous fera bien plus de plaisir.

Le duc prit la main de Mlle d'Armaillac.

— Vous parlez comme Octave de Parisis : « Il faut payer les femmes pour leurs vertus et non pour leurs vices. »

— C'est votre opinion comme la mienne.

— Le matin toujours, mais le soir je n'ai plus d'opinion, sinon que toutes les femmes sont bonnes à prendre. Et puis il faut que tout le monde vive, même les courtisanes. Demandez aux hommes politiques.

— Demandez à Don Juan.

— Enfin, dit-il, je n'ai qu'une parole. Donnez la liberté à cet oiseau bleu.

On était toujours dans l'antichambre. Le duc arracha une feuille de papier au petit livre où s'inscrivaient ses amis, après quoi il prit une plume et signa un bon de dix mille francs sur M. de Rothschild.

— Tenez, reprit-il en donnant la précieuse feuille de papier à Jeanne, le sacrifice est accompli.

Mlle d'Armaillac se jeta à son cou et l'embrassa.

— Trois perles! dit le duc.

— Nous parlerons tout à l'heure du collier. Ce que vous venez de faire là est d'un brave homme.

— Oui, dit-il, car cette fille est un chef-d'œuvre de beauté. Mais rassurez-vous, je suis plus virtuose que vous ne pensez. J'aime à courir les steeple-chase. Je ne prends jamais les femmes — qui se donnent. Ce qui me plaît c'est l'imprévu et l'impossible : donc je n'aurais pas pris cette fillette.

— Je vous permets de l'embrasser au passage.

— Non, c'est vous qui l'embrasserez pour moi; je ne cours jamais après mon argent.

XXXIV

UN HYMNE A LA VERTU

EANNE rayonnait! Elle courut au petit salon et embrassa Aubépine avant de lui parler.

— Ma chère enfant, lui dit-elle, j'ai sauvé votre âme, mais jurez-moi que vous viendrez me voir chaque fois que vous serez en péril.

Aubépine ne comprenait pas et ne répondait pas. Mlle d'Armaillac lui remit le bon de dix mille francs.

— Voilà les dix mille francs du duc. Portez-les bien vite à votre mère tout en vous défiant de votre tante.

Aubépine embrassa Jeanne avec une vive effusion:

— Oh ! madame, comme je vous aime ! Et moi qui avais peur de vous !

— Allez, mon enfant, Dieu vous garde ! Venez me voir souvent.

Mlle d'Armaillac conduisit Aubépine au perron en lui disant où elle demeurait.

Le duc salua la vertu qui passait devant lui.

Et quand la porte se fut refermée sur Aubépine :

— C'est étonnant, dit-il, je suis content comme le jour où je ne vais pas au théâtre après avoir loué une loge.

— Voyez-vous, mon cher duc, le devoir est un sacrifice, mais le sacrifice est une joie de l'âme, car c'est un pas de fait vers le ciel.

— Je vous avoue que je ne m'inquiète pas beaucoup de ce pays-là. Ce n'est pas pour moi, c'est pour Aubépine, c'est pour vous que j'ai refréné ma passion.

— Vous êtes un stoïcien. Vous faites le bien pour le bien.

— Je suis un philosophe de Sybaris. Je crois que la nature m'a convié à toutes les fêtes...

— Mon cher ami, si vous aviez vu la pâleur et l'émotion d'Aubépine, vous n'auriez pas nié la force de la vertu.

— Mais la vertu, elle est devant moi. Qui donc a plus le droit de s'appeler la vertu que vous-même, ô Jeanne!

Mlle d'Armaillac se détourna pour cacher une larme.

— La vertu que j'ai sauvée, pensa-t-elle amère-ment, ce n'est pás la mienñe.

On se promena un peu, on causa de ceci et de cela.

— Pourquoi cette inquiétude sur votre front? reprit le duc. N'êtes-vous pas ici sacrée et invio-lable, ma chère Jeanne?

— Oui, dit-elle, en essayant un sourire, invio-lable et sacrée.

Le duc s'aventura à lui prouver qu'il ne croyait pas trop à ces deux adjectifs, mais comme la veille Jeanne fut inattaquable; non pas qu'elle se posât en statue de Diane ou de Junon, mais elle eut l'art de tempérer les désirs du duc par un mot glacial ou par un éclat de rire. Aussi sentait-il que plus il s'avançait vers elle et plus il désespérait de l'at-teindre, ce qui l'irritait beaucoup, d'autant plus qu'il devinait son aventure avec M. de Briançon. Naturellement, il était de trop haut goût pour lui en parler même de loin; d'ailleurs, il connais-sait trop les femmes pour ne pas savoir qu'une

femme qui s'est donnée une fois ne se donne pas
plus facilement pour cela.

S'il eût commis la sottise de rappeler à Jeanne
son premier péché, sa cause était perdue à tout jamais. Or il aimait Mlle d'Armaillac.

Il ne l'aimait pas avec toute la passion attristée
de Martial, qui désormais aimait Jeanne à cause
de Jeanne, mais aussi à cause de Marguerite Aumont. La vivante s'était parée pour lui de toutes
les poésies de la morte. Il avait aimé deux femmes,
ces deux amours s'étaient réunis en un seul. Dieu
sait si le cœur lui battait à ce doux nom de Jeanne.
Tout le passé pour lui était là et il ne voyait pas
d'autre avenir.

Le duc d'Obanèz s'était imaginé qu'il triom-
pherait ce soir-là de Mlle d'Armaillac, mais il eut
beau assiéger ce cœur fantasque par toutes les
attaques connues et inconnues, tour à tour
dédaigneux et suppliant, railleur et désespéré,
changeant de tactique à chaque instant, toujours imprévu et toujours irrésistible : elle lui ré-
sistait.

La raison triompha encore cette fois. Et Jeanne
s'en alla comme elle était venue.

Mlle d'Armaillac avait déposé le collier de perles
dans un des vases de porphyre de la cheminée avec

la loyauté d'une femme qui ne veut pas se vendre, parce qu'elle ne veut pas se donner ; mais le lendemain matin, le grand d'Espagne lui renvoya les perles dans une petite boîte japonaise renfermant ce billet :

« Mademoiselle, ces perles s'ennuient chez moi « à en mourir, n'ayez pas la cruauté de les rejeter « de votre cou où elles étaient si bien. Je baise « vos ongles roses. »

Jeanne aurait eu le courage de faire reporter la boîte si elle ne l'eût pas ouverte, mais dès qu'elle revit ses chères perles, elle les baisa et les remit à son cou. Sa mère qui survint lui dit encore ce jour-là qu'elle avait bien tort de se vouloir parer de « perles fausses, « mais elle avoua elle-même que sa fille était plus belle avec ce collier. C'était une femme pleine d'illusions. Elle avait redonné toute sa confiance à Jeanne et n'avait aucune inquiétude, quoique Jeanne sortît tous les soirs.

— Ma pauvre mère! pensait Jeanne, j'aurais bien la folie de me laisser prendre une seconde fois, mais je ne me sens pas le courage de la tromper encore.

XXXV

LA TRISTESSE DES DON JUAN

Vous connaissez bien le caractère du comte de Briançon. Vous savez qu'il y a la semence de Don Juan dans ce cœur perverti. Après avoir aimé deux femmes à la fois, il aime une femme : Mlle Jeanne d'Armaillac est toujours son rêve évanoui. Il a tenu son idéal sous la main, il a étreint son bonheur dans ses bras. Mais ce n'est plus que la nuée d'Ixion ; son cœur souffre d'avoir perdu du même coup deux femmes adorables : Marguerite Aumont est morte pour lui ; Jeanne d'Armaillac n'est pas morte, mais que fait-elle de son cœur ? Un voile de mélancolie assombrit cette figure si gaie. Cet homme qui riait toujours sourit encore du sourire des sceptiques, mais quelle amère expression de tristesse au coin de ses lèvres !

Une âme plus virile chercherait d'âpres consolations, un homme trois fois homme se retremperait dans le travail et dans le devoir. Mais c'est plutôt un homme trois fois femme. Il s'est efféminé à courir les aventures, il ne s'arrêtera jamais. Il faudra que la femme le console de la femme. Mais où trouver la femme qui console, quand on a perdu la femme qui charme? Martial nous avouait un jour, à l'Opéra, qu'il passait son temps en vaines recherches. Dans le monde il n'avait rien trouvé qui lui rappelât, même de loin, Jeanne d'Armaillac; dans le demi-monde, c'était encore plus rare de trouver une Marguerite Aumont. Celle-là, comme il le disait lui-même, avait répandu dans sa vie un doux parfum de violette et de lilas, les vrais fleurs de la jeunesse. Vainement il avait cherché parmi toutes les amies de sa maîtresse une femme qui eût un peu de son charme, mais il n'avait trouvé que des filles occupées d'elles-mêmes, parlant de l'amour comme des femmes qui ne connaissent que l'or. Il se rappelait que la pauvre Marguerite Aumont avait fait des prodiges pour vivre de peu pour que la question d'argent ne fût jamais une question entre eux.

Cependant, il n'était pas homme à pleurer solitairement les femmes qu'il n'avait plus. Voilà pourquoi un matin, comme il allait au bois, il retint son cheval par la bride en voyant traverser l'avenue des Champs-Élysées par une jeune fille qui était un miracle de beauté dans la fraîcheur des dix-huit ans.

Voyant le cheval qui s'arrêtait, la jeune fille leva les yeux, deux pervenches sous de longs cils, comme des violettes dans l'herbe.

Elle passa son chemin, après avoir presque souri.

Et lui, au lieu d'aller au bois, il tourna bride, si bien que le cheval et la jeune fille descendirent les Champs-Élysées du même pas.

Cent fois, dans sa course du matin, la belle enfant avait été suivie par des hommes de tous les âges et de toutes les nations, ne daignant d'ailleurs jamais répondre à leurs provocations, n'écoutant, comme elle le disait, ni des yeux ni des oreilles.

Mais si elle avait dédaigné les hommes à pied, elle fut flattée d'être suivie par un homme à cheval. Arrivée au rond-point, elle pouvait se perdre sous les arbres et planter là le comte de Briançon, mais elle jugea qu'elle ne devait pas décourager ce promeneur matinal.

Ils continuèrent à marcher du même pas, elle sur le bitume, le cheval sur le sable, le bruit du sabot couvrant le bruit de sa bottine.

Martial, qui avait commencé par d'idolâtres œillades, cherchait vainement quelques paroles éloquemment concises, pour bien marquer son admiration, que dis-je? son adoration, car il était pris soudainement par le cœur comme par les yeux.

— En vérité, pensait-il, elle ressemble tour à tour et tout à la fois à Jeanne d'Armaillac et à Marguerite Aumont.

C'était une illusion, mais l'âme vit d'illusions.

En face du théâtre des Folies-Marigny, il risqua un mot :

— Mademoiselle, comment osez-vous sortir toute seule? comment ne vous a-t-on pas encore enlevée?

La jeune fille fit semblant de ne pas écouter et surtout de ne pas entendre.

Mais Martial n'était pas homme à quitter le jeu sans avoir perdu ou gagné.

— Mademoiselle, pourquoi vous levez-vous si matin?

La jeune fille qui ne voulait pas répondre laissa échapper ces paroles :

— Si matin ! j'arriverai encore trop tard.

— Voulez-vous monter en croupe, mademoi-selle?

Elle sourit :

— Ce ne serait pas la première fois, mais c'est vous qui feriez une drôle de figure, si je vous prenais au mot.

— Peut-être, dit le comte de Briançon en riant. Mais pourquoi arriverez-vous trop tard, mademoiselle? Est-ce que vous êtes attendue par un amoureux?

— Un amoureux! Dieu merci, je n'en connais pas.

— Songez-y donc, ces Champs-Élysées, par une belle matinée du mois de mai, c'est le paradis, Paris c'est l'enfer. Où allez-vous?

— Je vais chez Mme Ode, qui m'attend pour que j'aille porter un chapeau.

— Et tout cela à pied?

— Pardieu, croyez-vous que les modistes vont à cheval?

L'homme à cheval et la fille à pied se mirent à rire.

— Elle a ri, la voilà désarmée, pensa Martial. Il mit pied à terre. — Mademoiselle, vous êtes charmante.

Elle continuait à marcher, mais il l'arrêta :

— Ce n'est pas bien, ce que vous faites là, ne suis-je pas votre compagnon de voyage ?

La jeune fille s'arrêta pour babiller un peu. Elle trouvait le cheval fort beau, elle n'avait pas encore regardé Martial en face. Elle ne fit pas de façons pour lui avouer qu'elle demeurait rue Galilée. Elle allait tous les matins à pied rue de Rivoli, pour s'en revenir tous les soirs en omnibus. Si elle allait porter çà et là des chapeaux à domicile, c'est qu'elle avait plus de goût que les autres pour bien coiffer les clientes de Mme Ode.

Martial lui dit que si elle voulait venir rue du Cirque, il lui donnerait des chapeaux à faire, mais elle ne voulut pas croire à cette « cliente » là. Il s'aperçut qu'il ne fallait pas brusquer les choses. Il ne voulait pas, d'ailleurs, être pris en flagrant délit, car il y avait beaucoup de promeneurs dans l'avenue. On pourrait le signaler dans le monde, comme un homme qui suit les femmes — à cheval.

— A demain, dit-il en remontant à cheval.

Le lendemain, s'il fut de bonne heure au coin de la rue de Galilée et des Champs-Élysées, vous le devinez sans peine.

La jeune fille apparut vers huit heures moins un quart, en retard d'un quart d'heure, ce qui lui

14

sembla de mauvais signe. Le cœur leur battait à tous les deux. La jeune fille avait rêvé de lui et de son cheval; il avait rêvé, lui, qu'il l'enlevait en croupe à travers tous les périls, la mère pleurant les bras au ciel, la sœur criant pour être enlevée en même temps.

Martial remarqua que la modiste était mieux coiffée que la veille.

— Je suis sauvé, dit-il; elle veut être plus belle, elle est perdue.

Il voulut lui parler, mais elle lui dit en passant en avant :

— Prenez garde, je suis connue par ici.

Ce ne fut qu'après la rue d'Albe qu'elle consentit à marcher du même pas. Il y avait longtemps que le comte de Briançon n'avait été si heureux. Il se sentait deux fois dans le renouveau, le mois de mai tout souriant et ces dix-huit ans de la jeune fille, qui étaient un autre mois de mai.

Le comte de Briançon avait trop d'esprit pour laisser tomber la conversation. Il amusait la belle matineuse par des mots imprévus, tour à tour passionnés et moqueurs.

Elle se demandait s'il fallait le prendre au sérieux; elle avait peur d'être trop aimée ou de ne pas l'être assez. Les extrêmes inquiètent les jeunes cœurs. On n'arrive aux grandes passions qu'après avoir passé par les passions tempérées.

Martial ne pouvait croire que la modiste fût digne d'être rosière. Elle était pourtant ainsi; Salency, Nanterre, Argenteuil lui eussent donné la couronne, d'autant plus qu'elle avait résisté aux plus galantes propositions avec tout l'héroïsme de la vertu.

Quand on fut au rond-point, Martial voulut convaincre la jeune fille qu'elle mourait de faim, pour l'entraîner au Petit Moulin rouge où elle déjeunerait avec lui tambour battant.

— C'est vrai que j'ai déjà faim, dit-elle naïvement. Figurez-vous que je me suis levée à cinq heures du matin pour laver ma robe des dimanches.

— Décidément, vous êtes un ange.

— Oh! un ange! — je ne vais pas si haut.

— Oui, un ange, je n'en rabats pas une lettre.

La modiste se laissa conduire au Petit Moulin rouge.

Je n'étais pas au déjeuner et je n'ai pas vu l'addition. Et d'ailleurs, a-t-on tout mis sur la carte ?

XXXVI.

LE SPECTACLE DE LA SCÈNE ET CELUI
DE L'AVANT-SCÈNE

C E qui est hors de doute c'est qu'à trois jours de là le bruit se répandit dans Paris — je veux dire dans le Tout Paris — que M. le comte Martial de Briançon avait une nouvelle maîtresse qu'il avait dénichée on ne sait où. C'était la jeunesse, la beauté, l'esprit, le charme, la distinction, la grâce, la douceur, toutes les vertus d'une femme parfaite — imparfaite.

Aussi le dimanche, aux courses, la modiste fut-elle dévorée des yeux, dans une jolie victoria traînée par les deux chevaux noirs de Martial.

Le bruit fut si grand dans le demi-monde qu'il en vint aux oreilles de Mlle d'Armaillac. Elle apprit que le comte de Briançon s'affichait partout avec une nouvelle maîtresse, qu'on disait plus jolie encore que Marguerite Aumont.

Ce bruit, qui frappa l'oreille de Jeanne, alla-t-il jusqu'à son cœur?

Un soir, à une première représentation du Vaudeville, comme elle était avec la princesse Charlotte dans l'avant-scène de droite, elle vit apparaître en face une figure de sa connaissance, mais si bien métamorphosée qu'elle ne pouvait la reconnaître.

— Elle est bien jolie, lui dit la duchesse, cette fille qui vient d'entrer là-bas dans l'avant-scène du rez-de-chaussée.

— Oui, c'est un rayonnement. Je l'ai déjà vue je ne sais où. Je cherche, mais il m'est impossible de me rappeler qui elle est ni d'où elle vient.

Le spectacle commença, mais pour Mlle d'Armaillac le spectacle c'était celui de l'avant-scène.

La jeune fille n'était pas entrée toute seule. Un homme l'avait suivie, mais il se cachait si bien dans l'ombre au fond de la loge, qu'il était impossible de voir sa figure.

Quand il passa la lorgnette à celle qu'il avait amenée, Jeanne tressaillit, un vague souvenir frappa son cœur.

Peu à peu, comme si cet homme se fût enhardi,

14.

il se mit plus en lumière, si bien que Jeanne s'écria :

— M. de Briançon !

C'était lui en effet, mais comme il avait reconnu Mlle d'Armaillac, il se remit dans l'ombre, comme s'il ne voulût pas qu'elle le vît.

— Regardez bien, dit Jeanne à la princesse, n'est-ce pas que c'est M. de Briançon ?

— Oui, dit la princesse, mais je ne voulais pas vous le dire. Est-ce que c'est sa maîtresse, cette fille qui est là en avant ?

— Je suppose que ce n'est pas sa sœur, répondit Jeanne.

— Ma foi, reprit la princesse, il ne faut pas lui en vouloir, car elle est bien jolie. La beauté est toujours une excuse.

Jeanne lorgnait la femme qui était avec Martial.

— Ce qu'il y a de plus étrange, dit-elle, c'est que décidément cette fille ne m'est pas inconnue.

Elle cherchait, et elle cherchait encore, et elle cherchait toujours.

Cependant celle qui était avec Martial s'acclimatait avec beaucoup d'abandon dans l'avant-scène.

Les femmes ne s'étonnent jamais de la fortune non plus que de la bonne fortune. Il semble qu'elles aient pris en tetant les habitudes du luxe. L'homme au contraire semble avoir oublié qu'il a été bercé mollement sur le sein de sa mère ou de sa nourrice. En quelques jours la maîtresse de Martial s'était métamorphosée sans surprise. C'était pour elle la chose du monde la plus naturelle, d'habiller sa beauté par de belles robes, d'aller au bois dans une victoria traînée par de beaux chevaux, d'être à une première représentation dans une avant-scène, avec des fleurs et des bonbons, en compagnie d'un des hommes les plus à la mode.

Aussi il fallait voir comme elle faisait bonne figure à l'avant-scène.

Et ainsi elle devait toujours faire bonne figure dans la vie extra-mondaine quelle que fût l'avant-scène.

Elle avait trouvé du même coup son homme et son heure, ce qui n'arrive jamais aux femmes.

— Oh! mon Dieu, dit tout à coup Mlle d'Armaillac, en saisissant le bras de la princesse.

— Qu'avez-vous donc? dit la belle Charlotte qui s'intéressait au spectacle de la scène et non de l'avant-scène.

— Ce que j'ai! Figurez-vous, ma chère amie, que cette femme que vous voyez en face, cette femme qui est la maîtresse de Martial...

— Eh bien?

— Eh bien, cette femme, c'est Mlle Aubépine, une fillette que j'ai sauvée des embrassements du duc d'Obanèz.

— Quoi de plus naturel? dit la duchesse, il fallait bien que la vertu fût récompensée et que votre bienfait ne fût pas perdu.

Et la princesse continua à regarder le spectacle de la scène. Mais Jeanne, qui ne voyait toujours que l'avant-scène, lui contait comment elle était trahie dans toutes ses croyances à la vertu. Elle avait obtenu du duc d'Obanèz dix mille francs pour cette fillette qui l'avait remerciée par des larmes de joie.

— Croiriez-vous, ma chère amie, que cette fille m'avait juré qu'elle viendrait à moi chaque fois que sa vertu serait en péril, car je voulais me donner le luxe de sauver une femme. Eh bien, la voilà dans les bras de...

Mlle d'Armaillac faillit dire « de mon amant. »

— Eh bien, qu'est-ce que ça vous fait? dit la princesse impatientée.

Jeanne baissa la tête.

— C'est vrai, dit-elle en cachant son cœur.

XXXVII

JEANNE ET AUBÉPINE.

AUBÉPINE était une fille romanesque. Ç'avait été pour elle un supplice que son voyage nocturne à l'hôtel du duc d'Obanèz; si elle eût rencontré le duc dans l'avenue des Champs-Élysées comme le comte de Briançon, sans doute il l'eût pareillement séduite, parce qu'il y avait là du roman; mais, quelque beau qu'il fût, elle n'aurait pas voulu devenir sa maîtresse parce que « c'était arrangé d'avance. »

Aussi était-il permis de croire que Martial n'était pas le premier amoureux d'Aubépine; elle n'avait pas atteint ses dix-sept ans, courant Paris le matin et le soir, sans faire des rencontres romanesques tout aussi périlleuses.

Mais, à coup sûr, c'était la première fois qu'elle aimait par le cœur comme par l'esprit. Martial était beau, spirituel, charmeur. S'il n'avait pas beaucoup d'argent, il en trouvait toujours pour que sa maîtresse eût un joli nid, un joli coupé et une jolie robe.

Aubépine n'avait pas souci de la fortune du lendemain, elle ne voulait vivre qu'au jour le jour. Rien ne lui manquait donc avec Martial. Les vrais amoureux ne thésaurisent pas.

M. de Briançon n'avait pu se prendre à Aubépine comme elle s'était prise à lui-même. Elle l'aimait de toutes les forces de son âme, tandis que lui ne l'aimait, pour ainsi dire, qu'à travers Mlle d'Armaillac. Le premier jour, ce ne fut pour lui qu'un caprice; il avait cueilli ce bouquet de jeunesse comme on porte une fleur à sa boutonnière, quelque peu vaniteux de la beauté d'Aubépine, mais ne croyant pas que cette distraction d'un jour serait la distraction d'une année.

Bien des fois il avait voulu briser, mais le moyen d'en finir avec une jolie fille qui vous apporte l'éternel sourire, qui chante comme un oiseau, qui ne demande qu'à être aimée?

Puisque Mlle d'Armaillac n'avait plus voulu entendre parler de lui, il fallait bien qu'il se ratta-

chât à la vie amoureuse par cette jolie branche
toute parfumée.

Et le temps s'était passé ainsi. On sait d'ailleurs
que ce qui manquait le plus à ce caractère flottant,
c'était la volonté, ou plutôt il n'avait que la volonté d'aimer. Il aimait beaucoup Mlle d'Armaillac, il aimait un peu Aubépine. La passion terrible, profonde, tragique, qui le tourmentait pour
la première, l'empêchait de bien voir ce qu'il avait
dans le cœur pour la seconde; il n'était pas homme,
d'ailleurs, à analyser ses sentiments, car il était
emporté par les quatre chevaux de la jeunesse.

Il est vrai que les plus savants analystes ressemblent beaucoup à cet étrange Hollandais,
chimiste enragé qui, ayant acheté vingt-cinq mille
francs un tableau de David Téniers, le décomposa
dans ses folies, enlevant les glacis, écorchant les
couleurs, tentant de remettre chaque ton sur une
palette. Et quand il eut fini ce beau travail, il
appela ses amis en leur disant : « Voilà vingt-cinq
mille francs de rouge, de blanc, de noir, de bleu,
de jaune. — C'est vrai, dit un des amis de ce for-
cené savant, seulement, pour remettre ces couleurs à leur place il nous manque Téniers. » Eh
bien, les analystes du cœur humain ressemblent
beaucoup à ce fou; ils peuvent mettre sur leur

palette du rouge, du blanc, du noir, du bleu, du jaune, mais il leur manque quelqu'un pour donner la vie à ces couleurs : ce quelqu'un c'est Dieu.

Donc, Martial ne perdait pas son temps à chercher ce qu'il avait dans le cœur, mais il le sentait bien. Ces deux irrésistibles amours pour Marguerite Aumont et pour Jeanne d'Armaillac l'avaient convaincu que l'homme le plus résolu n'est pas maître de lui quand la passion a pris son âme.

XXXVIII

COMMENT SE JOUE UNE DESTINÉE

EST-CE pour cela que voulant vaincre son cœur, Mlle d'Armaillac retourna chez le duc d'Obanèz? Elle avait toujours une vraie passion pour les admirables perles, — ces trois cents perles pas une de moins, — je veux dire pas une qui n'eût son éclat et sa transparence, pas une qui ne vécût de la vie des perles et de la vie de Jeanne.

Mlle d'Armaillac les aimait plus encore parce qu'elles n'étaient pas à elle. Comment ne pas les garder, comment ne plus les voir dans leur magie, comment ne plus sentir leurs caresses diurnes et nocturnes?

C'était un sacrifice inouï. Mais comme elle pensait à Martial, le sacrifice avait sa douceur — si elle se résignait au sacrifice, car elle ne savait pas bien encore ce qu'elle allait faire.

Jeanne s'était risquée plus d'une fois dans le monde avec ce collier rarissime, disant tout haut que c'étaient des perles fausses. Et si on lui reprochait de porter des perles fausses, elle ne disait pas comme cette ingénue : « Venez un peu les mordre pour voir si elles sont vraies, » mais elle défiait les yeux de lynx de décider en quoi elles n'étaient pas si belles que des perles vraies.

Mme de Tramont lui avait bien un peu reproché de mettre un collier à cinq rangs comme une femme mariée, mais Jeanne lui avait prouvé que ce collier l'embellissait.

Elle retourna donc un soir chez le duc d'Obanèz, qui s'étonnait quelque peu de ne l'avoir pas vue revenir plus tôt. Il l'avait rencontrée plus d'une fois dans le monde, mais il ne lui parlait presque jamais, pour lui prouver qu'il ne pensait pas à son collier.

— Rassurez-vous, lui dit-elle en entrant, je n'ai pas vendu vos perles.

— Je le sais bien, lui dit-il.

— Comment le savez-vous ?

— Parce que si vous les vendiez, elles me reviendraient tout de suite ; car les orfèvres me

viennent offrir leurs bijoux rares. Et d'ailleurs si
vous les aviez vendues...

— Si je les avais vendues ?

Le duc sourit de son sourire donjuanesque.

— Vous seriez venue me les payer.

— Eh bien, je vous les rapporte.

Disant ces mots, Mlle d'Armaillac entr'ouvrit
son manteau.

— Vous savez, je n'ai pas d'autre écrin ; vous les
avez mises à mon cou, je vous les rapporte à mon
cou.

— C'est le plus merveilleux écrin du monde,
alors je garde le collier et l'écrin.

— Non, mon cher duc, l'écrin vous coûterait
trop cher : il vous faudrait tous les jours y mettre
de nouveaux bijoux.

— Vous savez si j'en ai ? Je ferais de vous une
madone si vous vouliez.

— Ce serait bien joli, mais je veux être une madone sans être une châsse.

Mlle d'Armaillac avait dégrafé le collier.

— Quel malheur, dit le duc, elles sont si bien sur
vous! Comme elles vont s'ennuyer maintenant!

Quoique le duc mît de l'expression pour dire ces
mots, Jeanne aperçut une pointe de raillerie au
coin de ses lèvres.

— Si vous êtes de bonne foi, lui dit-elle, vous avouerez que vous n'êtes pas fâché de « rentrer » dans vos perles ; elles ont couru le monde à l'aventure comme si elles ne dussent pas revenir. Je connais plus d'une jeune fille qui ne vous les aurait pas rapportées.

Le duc cachant son jeu et son cœur dit que Mlle d'Armaillac venait de traduire sa pensée secrète : il avait bien eu quelque vague inquiétude quand il avait passé les perles au cou de Jeanne ; il s'était dit que ce ne serait pas trop payer une telle beauté ; mais cette première aspiration évanouie, il s'avouait que quelle que soit la beauté d'une femme, elle ne vaut peut-être pas un collier de perles d'un million de réaux. Avec les cinq rangs il pouvait payer cinq femmes du meilleur monde. Et d'ailleurs son admiration pour Jeanne était un peu tombée, peut-être parce qu'elle avait été trop vive, si bien que, comme elle le disait elle-même, il était bien aise de ressaisir ses perles.

Or, il arriva que par esprit de contradiction Mlle d'Armaillac désira les ravoir coûte que coûte, mais elle ne voulait pas s'humilier jusqu'à lui dévoiler son cœur. Comment faire pour que la prière vienne de lui ?

Elle commença par vouloir s'en aller.

Justement ce soir-là le duc était attendu au cercle; il lui offrit de renvoyer l'affreux fiacre qui l'avait amenée et de la reconduire à sa porte dans son coupé.

Ce n'était pas l'affaire de Jeanne d'accorder cette faveur au duc quand il reprenait le collier.

Elle était devenue fort mélancolique, tout en gardant son adorable sourire.

Le duc vit bien qu'elle avait un nuage sur le front.

— Contez-moi vos peines de cœur, lui dit-il, car vous en avez.

— Je n'en ai, mon cher duc, que le jour où je viens ici.

— Vous vous moquez de moi, dit le duc.

— Non, c'est irritant de savoir un homme comme vous pris par toutes les femmes de Paris : vous êtes dévoré par les bêtes. On a beau ne pas vous aimer, on serait ravie de vous voir plus souvent, mais la maison est toujours pleine. Je ne parle pas du cœur.

— Vous avez raison, car le cœur est toujours vide. Le roi Salomon, qui s'y connaissait, a bien eu raison de dire, après avoir goûté à ses sept cents femmes : La femme est plus amère que la mort. A Madrid et à Paris, j'ai abusé de mon

titre et de ma fortune pour triompher des femmes
à la mode, mais j'ai eu beau ouvrir les bras, je
les ai toujours fermés sur une déception. Celui
qui aime une femme cueille plus d'amour que celui
qui a sept cents femmes. Mais non-seulement il
faut aimer, il faut aussi être aimé. Jouons cartes
sur table : avez-vous jamais aimé, vous ?

Mlle d'Armaillac sembla chercher.

— Oui, dit-elle en étouffant un soupir, ma
mère, ma poupée et votre collier de perles.

Comme le duc était devenu lui-même mélancolique, elle rouvrit coquettement son manteau et
regarda son sein en murmurant :

— Les pauvres perles !

A ce tableau, le duc faillit se laisser reprendre,
mais Jeanne referma trop vite le manteau.

Elle était restée debout à la porte du salon. Le
duc l'avait rencontrée là au moment même où il
allait sortir.

— Il faut qu'une porte soit ouverte ou fermée,
dit-il en lui prenant la main pour l'entraîner dans
le salon, mais décidé à la reconduire à son fiacre
si elle le demandait.

Jeanne s'était dégantée de la main droite pour
dégrafer le collier et le duc avait ses gants à la
main.

Aussi, quand il toucha les doigts de Mlle d'Armaillac, ils eurent tous les deux un frémissement magnétique, ce qui entraîna le grand d'Espagne à aventurer les lèvres là où étaient les perles.

Jeanne rougit; comme elle voulait se rattraper aux branches, elle ne s'offensa qu'à moitié.

— Eh bien, Dieu merci, dit-elle, voilà un baiser qui compte bien pour deux perles.

Le duc avait fermé la porte du salon.

— C'est vrai, dit-il. Et moi qui reprenais tout le collier sans vous donner votre part ! Cela fait, si j'ai bonne mémoire et si je compte bien, sept ou huit perles.

Mlle d'Armaillac était enchantée d'avoir rappelé cette convention léonine.

— Vous comptez mal, dit-elle en comptant sur ses doigts. Nous étions à trois baisers à ma seconde visite; — chez le ministre, en vous penchant sur moi au buffet, vous m'avez baisé les cheveux; — trois jours après, dans une visite chez la duchesse, vous m'avez baisé la main au deuxième bouton de mon gant, ce qui était un peu trop espagnol; — en valsant, chez Mme de Tramont, vous m'avez embrassée deux fois à l'insu de tout le monde et presque à mon insu; — à notre dernier cotillon...

— Ah, oui, mais cette fois-là ce n'est pas de jeu, car c'était un baiser ordonné.

— Oui, mais vous m'avez embrassée deux fois.

Et comme en parlant Jeanne ne regardait pas le duc, il l'embrassa une fois encore en lui disant :

— Mettons-en douze et n'en parlons plus.

— Ce n'est pas assez, dit en riant Mlle d'Armaillac, tous ces baisers défendus doivent compter double.

— Diable, dit le grand d'Espagne qui commençait à compter, tout à l'heure il faudra que je vous laisse un rang de perles.

Une des portes du salon s'ouvrait sur le jardin, un jardin en miniature, mais un nid merveilleux pour les oiseaux amoureux. Le duc y entraîna Jeanne pour une promenade au clair de la lune, croyant que rien ne combat mieux la vertu des femmes que les artifices de la poésie.

En effet, sous les arbres, la raillerie, cette sentinelle avancée de la résistance, ne tire pas même un coup de feu. Les gens les moins amoureux le deviennent comme s'ils respiraient l'amour dans l'atmosphère que dégagent les herbes, les fleurs et les feuilles.

Jeanne avait pris le bras du duc ; elle se laissait

entraîner avec un doux abandon. Ils parlèrent d'abord de la lune et des étoiles, de la profondeur du ciel, des mystères de l'infini en face de ces grandeurs incommensurables, de ces horizons inespérés.

Qu'est-ce que l'homme sur la terre s'il ne se jette dans les bras de la femme ? l'amour seul nous élève jusqu'à Dieu. Qu'est-ce que l'homme ? Ce n'est rien, mais s'il aime une femme, il est tout, parce qu'il a l'amour, cette ascension rayonnante qui monte jusqu'au ciel.

Ainsi parlait le duc d'Obanèz et Jeanne trouvait qu'il parlait bien. Elle ne pouvait s'empêcher de se dire :

— Que suis-je ? Rien. Si le duc m'aimait et si j'aimais le duc, je serais tout.

Mais, par malheur, le duc disait que le mariage n'était pas dans ses habitudes. Il jurait qu'il ne se marierait jamais.

— Oh ! si je voulais bien, pensa Jeanne, il finirait par m'épouser, mais avec lui il faut commencer par la fin.

Mais plus le duc parlait avec passion, plus Jeanne se retenait à sa dignité. Pour la millième fois elle se répétait qu'il était impossible à une jeune fille comme elle d'être la maîtresse de cet

15.

étranger sans foi ni loi. Et pourtant que deviendrait-elle sans argent dans ce monde où il faut tant d'argent ? Consentirait-elle à quelque mariage de troisième ordre, qui l'emprisonnerait à tout jamais dans une vie bourgeoise ?

Il n'y a que le premier pas qui coûte. Elle avait eu des heures de vrai repentir, mais si après une première faute Dieu ne reprend pas la femme pour la jeter dans un couvent, elle va fatalement à une seconde faute, à moins qu'elle ne trouve un homme qui lui donne l'amour et le pardon.

— N'est-ce pas que c'est beau de s'aimer ! dit le duc d'Obanèz en embrassant Jeanne.

— Oui, c'est beau — quand on s'aime ! — dit tristement Mlle d'Armaillac.

Elle pensait à Martial.

— Des perles dans vos yeux !

— Oui, celles-là sont à moi.

Jeanne arracha le collier, le jeta au duc et s'enfuit.

Le grand d'Espagne ramassa ses perles en murmurant :

— Il est écrit là-haut qu'elle ne laissera pas sa vertu au diable.

Quand Jeanne rentra chez elle, elle fut surprise de se trouver si belle.

— Et moi qui m'imaginais que je n'étais plus bien qu'avec des perles ! dit-elle en souriant de son adorable sourire.

XXXIX

LA STATUE BRISÉE

LE lendemain, Mlle d'Armaillac reçut une visite inattendue.

C'était Mlle Mathilde, une courtisane ci-devant chiffonnière ayant gardé les bons principes de la hotte, qui venait frapper à sa porte.

Comme la femme de chambre faisait des façons, la visiteuse matinale se risqua à dire qu'elle était attendue.

Elle surprit Mlle d'Armaillac qui, à peine habillée, se coiffait devant sa psyché.

— Que me veut-on ? demanda Jeanne à sa femme de chambre, d'un air quelque peu étonné.

— Mademoiselle, dit la ci-devant chiffonnière, c'est un secret que je vous apporte...

Jeanne leva les yeux sur Mathilde sans la reconnaître, quoiqu'elle l'eût bien regardée au bois de Boulogne quand Martial lui donnait une leçon d'équitation.

La femme de chambre était sortie; la ci-devant chiffonnière prit la parole :

— Écoutez, mademoiselle, je suis une brave fille, si je n'en ai pas l'air. Je sais que vous avez connu une jeune fille du monde qui a été aimée de M. de Briançon. Elle ne lui a pas redemandé ses lettres; or, ces lettres les voici. Je suis sûre que vous serez très-heureuse de les lui remettre puisque vous êtes son amie.

Disant ces mots, Mathilde présenta à Jeanne une enveloppe décachetée.

— Et qui a décacheté cette enveloppe? demanda Mlle d'Armaillac en prenant les lettres.

— Ce n'est pas moi! Et je vous jure, mademoiselle, que pour moi l'enveloppe était cachetée.

— Et qui vous a dit que je connaissais la jeune fille qui a écrit ces lettres ?

Jeanne interrogeait profondément Mathilde par son grand œil noir.

— Mademoiselle, voici l'histoire : Je me suis rencontrée — pour mon malheur — chez M. de Briançon avec Mlle Aubépine; celle-là, c'est la

vraie maîtresse, car elle veut être aussi maîtresse
de la maison. Elle fait des fouilles partout ; elle
arrache tous les secrets du passé et du présent.
J'ai cru faire une bonne action en lui dérobant
ces lettres qu'elle avait dérobées elle-même.

Mathilde parlait d'un air si ingénu qu'il fut
impossible à Jeanne de savoir si la jeune fille
croyait que les lettres étaient d'elle ou d'une de
ses amies.

— Et qui vous a dit mon nom, mademoiselle ?

— C'est Mlle Aubépine, qui s'est avisée d'être
jalouse de vous. Mais M. de Briançon s'est donné
la peine de lui jurer qu'il ne vous connaissait que
pour avoir aimé une de vos amies dont il ne dirait
jamais le nom.

Jeanne eut le chagrin d'être forcée de remercier
une des maîtresses de son amant.

— Merci, mademoiselle, dit-elle en la saluant
d'un peu haut ; je n'oublierai pas.

Mathilde sortit le cœur content. Elle était déjà
si loin dans le péché qu'elle voulait se rattraper
par une bonne action. N'avait-elle pas voulu se
donner la comédie en voyant comment une fille
du monde porte ses péchés ? ou encore se comparer
et pouvoir dire : Les comtesses ne valent pas beaucoup mieux que les chiffonnières ?

On aurait pu entendre alors dans la chambre de Jeanne un monologue digne du théâtre antique et du théâtre moderne.

Ce fut un grand cri d'indignation de Jeanne contre elle-même.

— Oh! ma fierté! s'écria-t-elle, oh! ma blancheur perdue! Oh! ma beauté humiliée! Que me reste-t-il sinon ma déchéance? J'en suis arrivée là qu'il me faut remercier cette fille qui me rapporte les morceaux de mon cœur brisé! Je ne suis plus une jeune fille et je ne suis pas une femme! Il ne me reste rien, ni la pureté de mon âme, ni l'éclat de mon nom! En portant la couronne de perles de ce duc d'Obanèz, j'ai fait tomber une à une les perles de ma couronne de comtesse. Me voici morte à tout ce qui est beau. Je sens que déjà le monde me rejette dans le demi-monde. J'ai beau railler les autres, je n'en suis pas meilleure pour cela. Non, il ne me reste rien! rien! rien! sinon le lupanar doré, ou l'expiation. Mais Dieu voudrait-il de moi?

Et, après un silence, Mlle d'Armaillac s'adressa encore mille imprécations.

— Oh! ma fierté! répéta-t-elle en pleurant, toi que j'aimais comme une belle statue de marbre, toi qui étais la force de ma vie et la lumière de mon âme, je t'ai renversée aux pieds de cet homme, je t'ai sacrifiée, je t'ai souillée, je t'ai mise en pièces !

Jeanne éclatait en sanglots. Elle était belle dans sa douleur, parce que c'était un grand cri de la nature qui remonte à Dieu.

— Oh ! ma fierté ! dit-elle encore.

Elle tomba agenouillée et pria. Mais c'était Martial qu'elle priait.

X L

UN ENLÈVEMENT

Qui donc enleva Mlle d'Armaillac ? car le bruit se répandit à Paris qu'elle avait disparu.

Mlle d'Armaillac, toute de passion et d'entraînement, ne s'amusait-elle plus dans la compagnie de la princesse ? On allait à toutes les curiosités, mais on s'en revenait bientôt, comme à la fin d'un spectacle médiocre, en se disant : — Ce n'était pas la peine ! — Et puis, n'est-ce pas toujours la même comédie, le jeu perpétuel de la bêtise humaine ? Quand on a vu un fat, on a vu tous les fats. Quand on a vu un sot, on a vu tous les sots. Quand on a vu un homme d'esprit, on a vu un imbécile de plus. — Quel est l'homme d'esprit qui ne marque sa bêtise originelle comme tout le monde? — Jeanne avait appris à rire de tous avec sa moqueuse amie ; elle avait surpris le défaut de cuirasse chez les femmes passionnées, comme elle avait surpris l'absence du cœur chez les femmes vertueuses; elle avait jugé que le savant n'était qu'un fou parqué dans le spécialisme ; l'homme d'argent un *doit* et *avoir,* l'homme de loi un ennemi du droit. Elle n'avait pas de prétention à la philosophie, mais sans le vouloir elle formulait de terribles jugements sur l'humanité; aussi, devant les choses les plus sérieuses, éclatait-elle de rire comme une sceptique, elle qui ne demandait qu'à croire à l'amour.

Une seule chose lui paraissait digne de respect et d'admiration, c'était la maternité. Elle ne passait jamais devant une mère de famille sans la saluer, devant un berceau sans faire le signe de la croix ; ce qu'elle enviait le plus, en se promenant au bois, c'était la femme qui mène son enfant par la main ; elle disait avec éloquence, que si la religion catholique avait survécu à toutes les religions, c'est qu'elle commence par le tableau de Marie allaitant Jésus, adorable spectacle, qui est le symbole de la vie de famille à toutes les stations ascendantes et descendantes.

Mais ce spectacle, qui eût fait sa joie d'épousée, Dieu ne le lui donnerait pas dans sa maison, si elle en croyait ses pressentiments. Quoi qu'elle fît pour se prouver que M. de Briançon n'était pas le seul homme pour elle sur la terre, elle revenait toujours à cette pensée qu'elle n'en pouvait épouser un autre, d'abord parce qu'elle tromperait cet autre sur le passé, ensuite parce qu'elle serait malheureuse avec qui que ce fût, sinon avec Martial. Mais Martial n'était-il pas perdu à tout jamais? Et d'ailleurs, sa fierté, à elle, ne pouvait s'accorder avec son cœur. Sans doute, il pensait toujours à elle, puisqu'après un premier duel pour un mot mal sonnant, il avait eu un duel encore avec le duc d'Obanèz, à propos d'elle ; car quoique son nom n'eût pas été prononcé, elle savait bien la raison de ce second duel.

Mais en même temps, Martial ne la bravait-il pas tous les jours, par sa vie incroyable au milieu des femmes de mauvaise vie? C'était le scandale du jour, il fallait que Martial fût un des princes du high life, pour que son nom ne fût pas trop compromis par ses folles équipées. Elle ne pouvait admettre qu'il l'aimât toujours quand elle le voyait toujours avec Aubépine, panachée de plusieurs autres. « Il se bat pour moi, disait Mlle d'Armaillac, mais je n'aurais pas la force de l'arracher à ses mauvais habitudes; le lendemain de mes noces, il irait faire sa lune de miel avec ces demoiselles. Non, je ne veux pas me donner ce ridicule, je mourrais d'orgueil blessé, j'aime mieux sacrifier mon cœur à ma dignité. »

Mais le sacrifice du cœur recommence tous les jours; on n'est pas plus avancé le lendemain; on a beau frapper son cœur, on ne le tue pas : on l'irrite jusqu'à l'angoisse, mais on n'a pas raison de lui, parce que le cœur est plus fort que la volonté. La douce Mlle de la Vallière s'écriait, avant d'entrer aux Carmélites : — Je ne triompherai donc jamais de cette bête féroce qui est en moi ! — Oui, le cœur est une bête féroce qui vit d'une passion et qu'on n'apaise que par une autre passion.

Mlle d'Armaillac avait lu les lettres de Mlle de la Vallière. Les femmes s'imaginent aisément qu'elles sont faites sur le modèle des grandes héroïnes. Plus Jeanne étudiait Louise de la Miséricorde, plus elle se retrouvait.

— Après tout, dit-elle un jour à la princesse, c'est une fin comme une autre : sainte Thérèse ne dit-elle pas que les femmes amoureuses ne trouvent de volupté qu'en Dieu? Mlle de la Vallière n'a été heureuse qu'en embrassant la croix.

La princesse ne fit que précipiter Mlle d'Armaillac dans ce rêve en se moquant d'elle.

— Ainsi, lui dit-elle, parce que M. de Briançon s'est mal conduit avec vous, vous iriez vous ensevelir toute vivante! Est-ce donc pour cela que Dieu vous a faite belle? Dieu n'est pas si jaloux : je crois qu'il sera très-sévère pour toutes celles qui ont voulu se marier à lui sans savoir si cela lui était agréable.

Mais quand Jeanne fut seule et qu'elle fit son examen de conscience, elle s'avoua que rien n'était plus triste que sa vie : sa mère avait des dettes; quoi qu'elle fît, elle s'endettait encore; Jeanne n'aurait pas l'horrible courage de se vendre après s'être donnée. Elle avait la fureur du luxe et il fallait qu'elle habillât mal sa beauté. A toute heure elle souffrait de n'avoir pas d'argent; quand elle quittait la princesse pour retourner chez elle, elle regardait avec pitié cette chambre bourgeoise, dont chaque meuble criait la vulgarité. Jeanne n'était pas née pour la douce médiocrité, elle eût préféré la sombre poésie de la misère. Ce qui l'attirait, c'était toutes les péripéties de sa haute vie avec ses casse-cou radieux, mais à la condition d'avoir M. de Briançon pour compagnon de voyage.

. . . .

Mais ce compagnon de voyage voyageait alors
dans un tout autre chemin : Jeanne apprit que
Martial, après avoir passé huit jours à Trouville,
où il rencontrait à toute heure Mlle Aubépine sur
la plage — Mlle Aubépine, la lionne de Trouville
— venait de partir avec elle pour Venise.

Il fût parti pour Londres, ou pour Berlin, ou
pour Rome, que Jeanne n'eût pas été blessée si
violemment; mais pour Venise, la ville des amoureux ! Venise qui l'attirait depuis qu'elle était
romanesque, c'est-à-dire depuis qu'elle avait jeté
sa dernière poupée : c'était pour ainsi dire un ou-
trage à son cœur et à son amour.

. . . .

Un soir, Jeanne n'alla pas chez la princesse à
l'heure accoutumée; ce soir-là, personne ne s'a-
musa; on sait que Jeanne apportait avec elle le
rayonnement, la gaieté et l'esprit. La princesse
jugea que Mme de Tramont, ou la duchesse ***,
lui avait pris Mlle d'Armaillac pour aller au théâtre; elle rudoya tout le monde, en disant : « Ne
faites point attention à mes mines de boule dogue,
je voudrais aboyer tant je suis furieuse contre
Jeanne. »

Jeanne était la moitié de sa vie.

Le lendemain de très-bonne heure, elle alla chez Mme d'Armaillac.

— Vous me voyez désespérée, dit la mère qui pleurait, Jeanne s'est enfuie hier au couvent.

— A quel couvent? demanda la princesse.

— Est-ce que je le sais! Elle m'a dit qu'elle allait chez vous, mais ce matin j'ai reçu une lettre où elle m'apprend que je ne la reverrai plus. Il y a longtemps d'ailleurs que je pressentais ce dénoûment.

— Tant pis pour moi, dit la princesse, mais aussi tant pis pour elle, car elle sera bien attrapée.

— La volonté de Dieu soit faite! dit Mme d'Armaillac.

Elle leva les yeux au ciel et ajouta à mi-voix:

— Ce qu'il y a de plus triste, c'est qu'on va dire qu'elle a été enlevée.

— Et personne ne voudra croire que c'est Dieu qui l'a enlevée! reprit la princesse.

XLI

POURQUOI MADEMOISELLE D'ARMAILLAC
ALLA A VENISE

I vous n'avez jamais été jalouse, — madame, — si vous n'avez jamais traversé les passions, si vous n'y êtes jamais allée, même par l'esprit, fermez ce livre, car vous ne comprendriez pas jusqu'à quel degré de folie peut monter ou descendre une femme, dans la logique de son caractère, quand elle est prise par l'amour.

Mlle d'Armaillac avait fui sa mère et elle s'était fuie elle-même, croyant qu'elle allait oublier ; voilà pourquoi elle courut chez une de ses amies, au couvent des dames de Saint-André.

Cette amie, qui n'aimait pas le monde, lui avait écrit plus d'une fois que le rivage espéré était là, au pied de la croix, dans la prière et dans l'espoir en Dieu.

Le premier jour, Jeanne s'imagina qu'elle était sauvée; elle eut de belles heures d'expansion sur le marbre de l'autel.

— Oui, disait-elle à son amie, c'est là le rivage, c'est là le refuge. Je n'ai trouvé dans le monde que les stations de la croix; chaque station était une douleur cachée; chaque espérance s'expie par des larmes. J'avais soif de vivre, maintenant j'ai soif de mourir; je sens qu'il n'y a de bon sur la terre que l'âme, parce que l'âme c'est déjà le ciel.

Naturellement l'amie de Jeanne l'entraîna plus avant dans le renoncement au monde et lui peignit sous les teintes les plus douces, la poésie du couvent, les fêtes de l'Église, la paix profonde du cœur. Jeanne embrassait son amie et la remerciait de l'avoir appelée chez les dames de Saint-André.

Mais vint la nuit; toutes ces joies séraphiques s'évanouirent, Jeanne ne dormit pas; ce n'était donc pas le rivage! c'était toujours la tempête; son cœur ne voulait pas le calme, il ne voulait vivre que dans l'orage; elle aurait beau le glacer sur le marbre de l'autel, elle ne pourrait l'éteindre parce que l'enfer était dans son cœur.

Le lendemain matin, quand elle vit son amie,

16

elle lui avoua qu'elle ne se sentait pas digne d'un tel refuge.

— Pour toi, lui dit-elle, c'est la vie, parce que tu es tout en Dieu ; pour toi, c'est déjà le paradis, tandis que pour moi, qui n'ai pas la force du repentir, je suis ici dans un tombeau. Si je pouvais mourir tout de suite, je m'envelopperais dans mon linceul avec un dernier adieu au monde, avec une aspiration vers Dieu ; mais j'ai le tombeau sans avoir la mort, voilà pourquoi je soulève la pierre et je m'en vais.

Ce fut en vain que l'amie de Mlle d'Armaillac voulut la retenir par toute l'éloquence chrétienne.

Le soir, Jeanne montait dans un fiacre et disait au cocher de la conduire au chemin de fer de Lyon. Au lieu de retourner chez sa mère, elle voulait poursuivre son rêve et sa folie : elle voulait ressaisir, coûte que coûte, M. de Briançon à Venise.

Mais quand elle fut au chemin de fer, elle se reprit quelque peu à la raison. Comment irait-elle là-bas toute seule, à peu près sans argent, comme une échappée de Charenton ? Au moment de payer son cocher, elle lui dit d'aller aux Champs-Élysées : elle voulait causer une dernière fois avec la princesse.

— Je vous attendais, lui dit sa belle amie, j'étais bien sûre que vous aimeriez encore mieux ma maison que la maison du bon Dieu.

Et, après avoir embrassé Jeanne, la belle Charlotte ajouta :

— Voyons, ma chère amie, revenez à vous et revenez à moi; je vous pleurais en pensant que je ne pouvais pas vivre sans vous; ne me faites plus de chagrin ni à moi ni à votre mère; à cela près, je ferai tout ce qu'il vous plaira.

— Eh bien! dit Jeanne, si vous voulez m'arracher à ma folie, si vous voulez que je ne m'ensevelisse pas au couvent, faites un voyage avec moi.

— Et où irons-nous?

— Dans une ville où on oublie, à Venise.

— D'où vous vient cette idée d'aller à Venise?

Mlle d'Armaillac ne confia pas sa lâcheté à la princesse, elle se garda bien de lui dire qu'elle voulait aller à Venise parce que M. de Briançon y avait été entraîné par Mlle Aubépine. Certes, la princesse n'eût pas consenti à être de moitié dans cette partie de plaisir, car elle n'avait pas aimé assez pour comprendre les douloureuses voluptés d'un cœur qui s'abreuve de larmes par le spectacle du bonheur des autres.

Aller à Venise, c'est un rêve romanesque qui prend tout le monde : pourquoi ne pas aller à Venise? N'est-ce pas faire un peu l'école buissonnière au milieu des ennuis de la vie? n'est-ce pas aller boire une heure d'ivresse dans les poésies du passé? L'Adriatique, San Marco, les gondoles, les pigeons, les légendes, n'est-ce pas tout un monde perdu et retrouvable?

— Eh bien! allons à Venise, dit la princesse qui ne voulait pas rester à Paris après les fièvres du grand prix.

Jeanne courut embrasser sa mère qui fut bien heureuse et qui lui permit de bon cœur de partir avec la princesse.

Quatre jours après, les curieux de la place Saint-Marc auraient pu s'amuser de cette petite comédie :

Un jeune Parisien prenait une glace devant le café Florian avec une plus jeune Parisienne qui était fort jolie et qui portait le bonheur sur sa figure. L'homme n'était pas si gai : une vague mélancolie passait sur son front, mais pourtant il semblait être de moitié dans le bonheur de celle qui souriait si gaiement. On jugeait, à les voir, que c'étaient là deux voyageurs qui n'avaient pas hâte de retourner au pays natal.

Deux femmes voilée venaient d'arriver par la

Piazzetta. Elles regardèrent un instant le palais
ducal, la façade de San Marco et la place Saint-
Marc où voletaient çà et là les pigeons. Elles en-
trèrent dans l'église; je ne crois pas qu'elles y
prièrent beaucoup, car elles en sortirent presque
aussitôt, impatientes dans leur curiosité de tout
voir en arrivant.

Vous avez reconnu les deux dames.

Elles traversèrent la place. Mlle d'Armaillac, la
première, vit Martial et Aubépine.

— Voyez! dit-elle à son amie. C'est à ne pas y
croire !

La princesse ne reconnut ni Martial ni Aubépine, parce qu'elle n'avait pas les mêmes raisons
pour les reconnaître.

— Eh bien, je vois un homme et une femme.

— Cet homme et cette femme, c'est M. de
Briançon et Mlle Aubépine.

— Nous avons bien choisi notre temps, dit la
princesse; voilà qui va gâter notre voyage ; mais
j'espère que vous êtes au-dessus de ces bagatelles.

Jeanne sourit pour cacher les battements de son
cœur.

— Eh bien, ma belle, reprit la princesse qui
aimait les coups de théâtre parce qu'elle était in-
satiable d'émotions, attaquons la bête par les

16.

cornes, allons nous-mêmes prendre une glace.

Disant ces mots, elle entraîna Mlle d'Armaillac.

Martial, qui tournait le dos et qui causait avec sa maîtresse, ne les vit pas venir, aussi sa surprise fut grande quand Aubépine lui dit :

— Des Parisiennes !

Il tourna la tête et vit arriver droit à lui la princesse et Jeanne.

Mlle d'Armaillac s'était laissé entraîner en croyant que la princesse ne casserait pas les vitres ; mais dès que son amie fut à quatre pas de Martial, elle lui cria :

— Bonjour, monsieur de Briançon, je vous croyais sur le boulevard des Italiens.

Martial se leva et salua tour à tour les deux nouvelles venues avec une gaieté plus ou moins respectueuse, car il n'était jamais tout à fait sérieux.

— Comment ! c'est vous, princesse ? Il est vrai qu'à Venise vous êtes sur vos terres.

— Vous dites là une bêtise, mon cher, d'abord parce qu'il n'y a pas de terre à Venise, ensuite parce que vous voulez me comparer à cette ville sempiternelle qui vit sur son passé. Vous savez bien que je n'ai pas trente ans.

— Et vous ne les aurez jamais, princesse.

Mlle d'Armaillac et Aubépine jouaient le rôle des silencieuses du théâtre ; la première agitait son ombrelle comme pour frapper, la seconde ne savait quelle figure faire.

— Est-ce que ce sont de vraies glaces ? demanda la princesse en s'asseyant ; je me figure toujours ici que je vois des tableaux peints.

— Oh ! des tableaux peints, répondit Martial, il y en a ici des arpents ; mais j'aime bien mieux les tableaux vivants ; vous en verrez en allant au *Rialto* : c'est la fête des yeux.

Martial avait dérangé sa chaise et s'était mis tout près de la princesse pour éloigner Aubépine de ce champ de bataille de la passion, de la jalousie, de la coquetterie et de l'esprit.

Naturellement Mlle d'Armaillac s'était mise derrière la princesse, si bien que les deux rivales étaient hors de portée.

XLII

CAUSERIES PERDUES

IL y a des grâces d'état; Jeanne se sentait moins émue en face de Martial et de sa maîtresse que dans ce voyage où l'avait entraînée la fièvre de l'amour.

Elle ne put s'empêcher de reconnaître que M. de Briançon était toujours charmant. Il dominait par sa raillerie toutes les péripéties; aussi avec lui les choses ne tournaient jamais au ridicule; il répandait sur tout un grain de philosophie qui empêchait le sentiment de tomber dans la bêtise humaine.

Tant qu'on était avec lui, on ne voulait rien prendre au tragique. Mlle d'Armaillac avait éprouvé cela bien des fois; ce n'était qu'en rentrant chez elle qu'elle s'enfonçait dans toutes les tristesses de la passion. Ce jour-là, en se sentant si calme devant Martial, elle se demanda comment elle avait été assez folle pour le poursuivre jusqu'à Venise. Mais une demi-heure après, quand elle le vit disparaître dans une gondole avec Aubépine, elle se laissa reprendre par toutes les angoisses de la passion et toutes les désespérances de la jalousie.

Pendant cette demi-heure, ç'avait été un assaut d'armes entre M. de Briançon et la princesse. Mlle Aubépine s'était mise à lire un journal italien qu'elle ne comprenait pas, tandis que Mlle d'Armaillac avait demandé « tout ce qu'il faut pour écrire, » pour faire semblant d'écrire.

On s'était promis de se revoir, mais on n'avait pas demandé la permission à Jeanne, non plus qu'à Aubépine.

— Vous êtes folle, ma chère princesse, dit Mlle d'Armaillac à son amie, pendant que les amoureux fuyaient sur le grand canal : est-ce que nous pouvons nous revoir?

— Pourquoi pas? Il est de trop bon goût pour ne pas venir nous saluer sans cette fille. Il sait que nous sommes à l'hôtel Danieli, vous verrez qu'il y viendra avant ce soir..

— J'espère bien que non : d'ailleurs, puisqu'on

ne se voyait pas à Paris, pourquoi se verrait-on à Venise?

— Allons donc ! ne faites pas de bégueulisme : vous savez bien qu'une fois à l'étranger tous les Français se voient sans s'inquiéter du passé ni de l'avenir ; cela n'engage à rien pour le retour à Paris.

La princesse ne s'était pas trompée. Vers cinq heures et demie, M. de Briançon se présenta seul à l'hôtel Danieli.

— Il vient pour vous, dit Jeanne à son amie, je m'en vais.

Mais Charlotte retint Jeanne.

— Non pas, s'il vient pour moi, c'est pour vous.

Martial était entré. Il commença par parler des beautés de Venise ; il se hâta de dire que ce n'était pas pour lui un « voyage d'agrément. » On lui avait parlé de le nommer consul à Venise comme première station dans la diplomatie ; il était venu voir s'il pourrait s'acclimater dans la ville des doges.

— Oui, dit la princesse avec son franc parler, dans la peur de ne pas vous acclimater aux femmes de Venise, vous êtes venu avec une fille de Paris.

— Oh ! mon Dieu ! je ne sais pas comment elle s'est trouvée ici avec moi.

— C'est tout simple, vous l'aviez mise dans vos bagages. J'espère bien que vous allez la laisser au consulat pour vous promener un peu avec nous.

— Je suis à vos ordres, d'autant plus que je connais Venise comme un amoureux connaît sa maîtresse.

— Eh bien! alors, vous la connaissez mal, *Venezia la bella.*

Jusque-là Martial n'avait pas encore adressé la parole à Jeanne.

— Je suis bien sûr, lui dit-il, que vous êtes déjà acclimatée à Venise, car vous avez les cheveux et les yeux des Vénitiennes.

— De quelles Vénitiennes? demanda Mlle d'Armaillac. J'ai les cheveux blonds et les yeux noirs et je n'ai encore vu que des Vénitiennes brunes avec des yeux bleus.

— Je vous réponds que vous trouverez çà ou là des portraits de vous-même.

Et prenant dans sa voix et son regard des lueurs amoureuses, Martial ajouta :

— Il y en a une que j'aime depuis hier... que voulez-vous, quand on ne peut pas aimer l'original... on aime la copie.

— Des fadeurs! s'écria la princesse; dites donc la vérité, nous savons bien que vous nous aimez;

or vous savez bien que vous perdez votre temps.
Nous sommes revenues du pays de l'amour, mais
nous n'y retournerons pas; c'était bon l'an passé,
quand nous étions jeunes. N'est-ce pas, Jeanne?

Jeanne contenait les mille démons qui agitaient
son cœur; elle prit un sourire dégagé et répondit
d'un air distrait :

— C'est du plus loin qu'il m'en souvienne.

Martial aurait bien voulu savoir pourquoi les
deux amies étaient venues à Venise. Il n'avait pas
la fatuité d'imaginer que Jeanne eût entraîné la
princesse pour le voir avec Aubépine. Il était jaloux de son côté : il s'imagina qu'il y avait quelques passions sous roche; il eût vu sortir d'une
armoire quelque prince étranger qu'il ne s'en fût
pas montré surpris.

On sait que si Jeanne l'aimait, il adorait
Jeanne; mais la fatalité les rejetait loin l'un de
l'autre, parce que rien n'est plus masqué que le
cœur humain. Ils semblaient jouer tous les deux
au jeu de cache-cache, parce que nul des deux ne
croyait à l'amour de l'autre.

On se quitta à l'heure du dîner ; la princesse
pria Martial de venir la prendre le lendemain
pour aller au tombeau de Véronèse, qui était
son peintre à elle.

— Peut-être, lui dit-elle avec son malin sourire, que Mlle d'Armaillac sera du pèlerinage.

Fut-ce à cause de cela que le lendemain M. de Briançon ne vint pas?

Le jour de son arrivée, Jeanne avait vu Venise en rose quoiqu'elle fût dévorée de jalousie ; mais ce jour-là, elle vit Venise en noir : cette fois, c'était bien la ville des tombeaux ; je ne saurais dire ce qu'elle souffrit en apprenant que Martial était parti à la première heure.

— Voyez, dit-elle à la princesse, comme il m'a prise en haine. Il ne peut plus me voir.

Par un de ces miracles du cœur que nul philosophe ne peut expliquer, l'amour de Mlle d'Armaillac se changea soudainement en haine, la douceur en violence, la tendresse en fierté.

— Oh! ma fierté, dit-elle d'un air victorieux, je sens que tu es toujours là! C'est toi seule que j'aime, c'est toi seule que je veux aimer ! C'en est fini avec Martial.

Jeanne ne dit rien à la princesse, elle s'affermit dans sa haine; elle eut la force de prendre une gaieté factice pour toutes ses promenades à Venise. La nuit, son cœur était un volcan, mais le jour, elle imposait silence à son cœur.

Je ne veux pas vous promener, madame, avec

17

la princesse et Mlle d'Armaillac par tous les monuments de Venise.

Elles rencontrèrent quelques amis et quelques amies de la société parisienne et étrangère : la duchesse Colonna, le prince Galitzin, la comtesse Waleska, Ziem et Diaz, la duchesse de Parisis, Nigra, Saint-Victor, lord Lytton, deux princesses d'Orléans, quelques députés légitimistes qui venaient de Froshdorff. Venise, c'est la solitude, mais on n'y est jamais seul. Et la ville est d'autant plus adorable qu'on n'y rencontre pas d'imbéciles. Ce n'est pas là qu'ils vont.

Un mois après, Jeanne était à Trouville avec son amie.

Autre mer, autre spectacle. Mais Jeanne avait beau se fuir elle-même, elle ne pouvait fuir Martial.

XLIII

LES MASQUES ET LES CŒURS

N donna un bal masqué dans un château du voisinage de Paris où se retrouva tout le *High-life* des fêtes de l'hiver; Mme de Tramont y entraîna Mlle d'Armaillac. Elles se jurèrent qu'on ne les reconnaîtrait pas; elles avaient toutes les deux d'adorables dominos blancs garnis de cygne.

Mme de Tramont n'était pas si grande que Mlle d'Armaillac, mais elle s'était mise à sa taille ce jour-là par de très-hauts talons. Elles se donnèrent comme deux sœurs égarées dans le beau monde. Elles jouèrent si bien leur jeu qu'on ne les reconnut pas, d'autant mieux que Mme de Tramont avait dit qu'elle ne voulait pas se masquer

Mlle d'Armaillac, qui ne comptait pas s'amuser, s'amusa beaucoup; ce ne fut pas parce qu'elle n'y trouva ni le marquis de Satanas, ni tous ses amoureux d'occasion qui lui prenaient son temps sans lui prendre son cœur, ce fut parce qu'elle y trouva le comte de Briançon.

Comme elle devait passer, avec Mme de Tramont, une saison à Brighton, elle s'était remise à l'anglais et n'attrapait pas mal l'accent d'outre-Manche, si bien qu'il fut dépaysé quand elle lui parla. Il ne savait pas un mot d'anglais.

Elle persista à ne pas prononcer un mot de français. Et pourtant ils arrivèrent bien vite s'entendre; Mme de Tramont, qui écoutait aux portes, fut émerveillée de ce grand art d'embrouiller les choses les plus simples.

Mlle d'Armaillac avait souvent rencontré M. de Briançon dans le monde, mais on sait qu'elle ne lui parlait plus. Les regards étaient plus ou moins éloquents; elle exprimait la fierté blessée, lui exprimant le repentir douloureux. Pour ceux qui savent étudier la passion, il y avait tout un mystère dans l'éclair rapide de leurs regards; deux épées qui se croisaient; pour ceux qui passent sans rien voir il y avait un homme et une femme qui ne se connaissaient pas.

Ce jour-là, dans ce château du XVIIe siècle où l'on avait soupé et dansé pendant toutes les folies de la Régence et de Louis XV; dans ce parc encore tout peuplé de nymphes de Coysevox et de Coustou qui semblent attristées depuis qu'elles ne voient plus que des habits noirs, Jeanne se promena partout avec Martial, perdant et retrouvant son amie, écoutant les divagations de ce beau promoteur de chimères qu'elle avait trop écouté, mais qu'elle aurait toujours voulu entendre. Elle le retrouvait comme la première fois qu'il avait valsé avec elle. C'était le même vocabulaire, la même douceur de voix, le même art de brouiller le bien et le mal dans une symphonie amoureuse. Mlle d'Armaillac avait beau s'en défendre, elle s'abandonnait avec une joie renouvelée à toutes les séductions de ce preneur de femmes.

— Quand je pense, dit-elle, qu'il ne me reconnaît pas et qu'il me parle aussi doucement qu'il me parlait il y a un an. Toutes les femmes sont donc la même pour lui!

Mlle d'Armaillac se trompait; M. de Briançon l'avait reconnue et il avait trop d'esprit pour le dire: elle l'eût arrêté au premier mot et l'eût renvoyé à d'autres, tandis qu'en faisant semblant de ne la point reconnaître, il avait le droit d'être le plus passionné de ses adorateurs. Elle s'avouait que de tous les hommes qu'elle avait rencontrés dans le monde, c'était le seul qui parlât bien des choses du cœur, non pas qu'il professât sur ce thème, mais parce ce qu'il avait l'éloquence imprévue qui emporte.

Il n'était pas sentimental, mais il avait les vives expressions du sentiment. On sentait que celui-là avait aimé et pouvait aimer de toutes les forces de son âme. Il y avait bien une pointe de raillerie dans ses enthousiasmes, mais c'était le grain de sel dans le ragoût du cœur, pour parler comme les précieuses de Molière qui ne parlaient pas toujours si mal que cela, ces belles de l'hôtel de Rambouillet.

Mlle d'Armaillac hasarda de rouvrir le passé.

— Dites-moi, monsieur l'homme à bonnes fortunes, vous qui faites de si belles protestations d'amour, vous avez donc oublié toutes vos victimes? Mlle Fleur de Pêche qui s'en est consolée, Mlle Marguerite Aumont qui en est morte, deux ou trois femmes du monde qui ont fini par la séparation de corps? Qui encore? On m'a parlé d'une jeune fille de la plus haute aristocratie dont on ne m'a pas dit le nom : celle-là s'est, dit-on, aventurée chez vous une nuit en revenant du bal.

— Ce sont des reportages de femmes du monde. Je sais de qui vous voulez parler : une noble fille, une grande beauté, au cœur comme on n'en fait plus. Puisque vous ne savez pas son nom, je puis vous dire que celle-là, celle-là seule, je l'ai aimée jusqu'à en mourir; je ne suis même pas bien sûr de ne pas l'aimer encore; mais n'en parlons pas, je n'ai plus le droit de l'aimer !

— Elle est donc mariée !

— C'est bien pis, elle ne me connaît plus, donc c'est une étrangère pour moi.

Jeanne remarqua l'émotion de Martial.

— Et voilà pourquoi vous me faites la cour aujourd'hui !

— Que voulez-vous, une femme n'a pas le droit d'être jalouse du passé, parce que tout amour est un renouveau : le cœur a ses saisons comme la nature.

— Oui, vous voudriez bien que je vous fasse un printemps après l'hiver.

— Oui, qui que vous soyez, je vous sens belle pour mes yeux, vous me charmez à travers votre masque. Aimez-moi une heure, un jour, un siècle, je vous jure, sur mon âme, que je ne vous quitterai plus d'un pas et que je mourrai à vos pieds.

Mlle d'Armaillac s'était assise sur un banc du parc. Martial, à genoux devant elle, lui dit plus doucement que jamais en lui prenant les mains :

— Ah ! comme je t'aime !

Elle détourna la tête pour cacher ses larmes, mais elle avait vu que Martial lui-même avait les yeux humides.

— Pourquoi? se demanda-t-elle.

Et se retournant vers lui :

— Est-ce que je vous rappelle un amour perdu?

— Ah! de grâce, ne parlons pas du passé ! Aimons-nous pour aujourd'hui et pour demain, et non pour hier.

La nuit était venue, la lune se montrait douce et blanche à travers les arbres à peine feuillus; de légers nuages passaient sur les étoiles, le vent d'est secouait l'avenue des parterres et des arbustes; c'était la saison des derniers lilas et des premières roses; la nature tout en fête savourait ces belles heures d'amour; les rossignols alternaient avec les merles, les rossignols beaucoup plus savants dans leur symphonie perpétuelle, les merles beaucoup plus éloquents dans leur simplicité rustique. On entendait surtout l'orchestre qui appelait les valseurs et les danseurs, on entendait aussi les cris de gaieté et les appels des chercheurs.

Quoiqu'il y eût là cinq cents Parisiens, Mlle d'Armaillac se sentait seule, seule avec Martial, elle savourait une de ces heures amoureuses qui avaient enchanté sa vingtième année. Était-il possible que ce fût lui, là, à ses pieds! était-il possible que ce fût elle qui abandonnât ses mains avec tant de joie!

Un instant elle pensa à lui dire : « C'est moi, reprenez-moi, je vous sacrifie ma fierté, comme je vous ai sacrifié ma vertu. »

Mais elle ne voulut pas s'humilier jusque-là. Elle se leva, Martial se leva en même temps, il la prit sur son cœur et il l'embrassa sur les cheveux, à travers sa mantille, mais elle le repoussa violemment parce qu'elle eut peur d'elle-même : une étreinte de plus elle était perdue tant elle subissait le charme malgré elle.

Le souvenir du marquis de Cormeilles lui revint à propos :

— Oh! mon Dieu, dit-elle, ce Martial me fait tout oublier. Mais je veux me souvenir que j'ai juré de l'oublier.

. . . .

A quelques jours de là, Mlle d'Armaillac était à Sainte-Clotilde au mariage d'une de ses amies du Dauphiné, Mlle d'Auray, qu'elle n'avait pas vue depuis longtemps; c'était un mariage du high-life, l'église aristocratique était toute pleine, on aurait pu feuilleter là tout un livre héraldique.

Jeanne était arrivée après le commencement de la messe; elle ne trouva à se placer dans la nef que parce qu'un homme se leva en la voyant.

Cet homme, c'était Martial de Briançon.

Elle fit semblant de ne pas le reconnaître pour prendre sa chaise. Il se trouva qu'un autre homme s'était levé aussi pour elle; comme celui-là ne demandait qu'à s'en aller après avoir fait acte de présence, Martial reprit sa place au même rang.

On causait beaucoup dans le voisinage, chacun pour soi, Dieu pour la mariée.

Je ne sais pas si on a eu peur de faire des épousés trop heureux, mais je n'ai jamais vu qu'on s'occupât de prier Dieu aux messes de mariage; ce jour-là l'église est un salon où l'on apporte des nouvelles et où l'on discute des modes par la critique des robes et des chapeaux qui sont de la fête.

— N'est-ce pas, dit tout à coup Martial à Jeanne, que voilà une belle première représentation? Tout Paris est là et la salle est pleine.

Mlle d'Armaillac voulait ne pas répondre, mais elle ne put s'empêcher de dire à M. de Briançon :

— Je vous reconnais bien là, voilà comment vous comprenez le mariage.

— N'allez pas vous méprendre ! si pour moi le mariage est une cérémonie, c'est aussi une fête !

Et après un silence :

— Du moins c'eût été une fête si vous aviez voulu.

— Ne rouvrons pas les blessures du passé, dit Jeanne en regardant son livre de messe.

— Que voulez-vous ? je ne vis que dans le passé et je ne suis heureux que dans mes blessures.

— Eh bien ! moi, j'en suis si malheureuse que je ne vis que dans l'avenir, c'est-à-dire en Dieu.

Et Mlle d'Armaillac murmura en lisant :

« Heureux tous ceux qui craignent le Seigneur « et qui se conduisent selon sa loi. »

— Vous vous figurez peut-être, reprit Martial, que je ne comprends rien à cette grande poésie de l'Église. La messe de mariage, qu'est-ce autre chose que le Cantique des cantiques?

— Je ne comprends pas.

Martial indiqua du doigt ce verset :

« Votre femme sera dans le secret de votre mai- « son comme une vigne fertile. Vos enfants seront « autour de vous comme de jeunes plants d'oli- « viers. — Alléluia ! — Alléluia ! »

— Oui, mais tout le monde n'a pas le droit de chanter *Alléluia*.

On était à l'Épître :

« Que les femmes soient soumises à leur mari
« comme au Seigneur, parce que le mari est le
« chef de la femme comme Jésus-Christ est le
« chef de l'Église. »

Ainsi traduisait Martial, mais Mlle d'Armaillac lui dit :

— Il n'y a qu'une Église et vous avez plusieurs femmes.

— J'avais plusieurs femmes, c'est qu'en ce temps-là j'étais hors de l'Église.

— Et vous êtes rentré dans l'Église !

— Oui, car j'ai compris ce que dit là-bas le diacre : — « Celui qui aime sa femme s'aime soi-
« même, car Adam l'a dit : — Voilà l'os de mes
« os et la chair de ma chair. » Ce qui n'a pas em-
pêché Ève d'écouter le serpent.

— Oui, oui, dit Jeanne, selon vous c'est toujours la femme qui a tort.

Le diacre continuait :

« C'est pourquoi l'homme abandonne son père
« et sa mère pour s'attacher à sa femme, et de
« deux qu'ils étaient ils deviennent une même
« chair. »

— Et moi, murmura doucement Martial, j'abandonnerais mon père et ma mère, mon pays et ma fortune pour aller vivre avec une femme dans le désert, parce que j'emporterais le paradis dans mon cœur.

— Oh ! comme je vous reconnais avec vos phrases toutes faites !

Un autre diacre était venu lire l'Évangile :

« En ce temps-là, les Pharisiens s'approchèrent « de Jésus pour le tenter.

« Ils lui dirent :

« Est-il permis à un homme de quitter sa « femme ? »

« Il leur répondit :

« N'avez-vous point lu que celui qui créa « l'homme dès le commencement, le créa homme « et femme pour qu'ils soient deux dans une seule « chair ? Que l'homme ne sépare point ce que « Dieu a uni. »

— Ainsi, dit Jeanne, avec un triste sourire, vous n'avez pas cru aux paroles de l'Évangile. Vous avez séparé ce que Dieu avait uni.

Martial regarda Jeanne avec ses beaux yeux profonds et lumineux.

— Dieu m'est témoin, lui dit-il, que depuis que je vous ai perdue, je ne cherche qu'à vous retrouver ; soyez bonne comme vous êtes belle, pardonnez-moi puisque nous sommes dans une église, laissez-moi espérer encore que ce qui a été séparé sera réuni.

Les âmes les plus fières s'humilient en face de l'autel ; dès qu'on entre dans une église on sent que Dieu seul est grand et que les événements de ce monde ne sont que des infiniment petits. Certes, dans un salon, Mlle d'Armaillac eût continué à regarder Martial du haut de son dédain et du haut de sa vengeance ; mais là, à quelques pas de son amie qui se mariait, elle sentit fondre ses neiges inaccessibles ; son œil avait rencontré l'œil de Martial ; elle vit son âme : cette fois il ne voulait pas la tromper ; aussi elle ne lui marchanda pas l'espérance, elle lui dit ce seul mot :

— Il y a longtems que ma mère nous attend.

Quand Martial sortit de l'église, son cœur chantait _Alléluia_.

— Ah ! dit-il, il est souvent plus difficile de triompher d'une femme la seconde fois que la première. Jeanne s'est donnée à moi comme maîtresse, il m'a fallu la conquérir comme femme.

Il allait devant lui, avec la joie dans l'âme, marchant allégrement et remerciant le ciel, mais il s'arrêta tout à coup en disant :

— Et Aubépine!

Mlle d'Armaillac était restée agenouillée à sa place après le départ de Martial, sans se hâter, comme toutes ses voisines, de suivre le flot des curieux jusqu'à la sacristie.

Quoiqu'elle fût au milieu de la foule, elle se sentait seule en face de Dieu; son cœur était si content, que des larmes de joie tombaient de ses yeux.

— Oh! mon Dieu, murmura-t-elle, je vous remercie! vous nous avez réconciliés! Vous seul, ô mon Dieu! pouviez faire ce miracle.

En effet, il fallait cette rencontre dans l'église pour que Mlle d'Armaillac brisât sa fierté devant M. de Briançon. Jamais, dans le monde, elle ne se fût humiliée jusqu'à lui pardonner. Il lui sembla que c'était devant Dieu seul qu'elle avait sacrifié son orgueil à son amour.

Tel était l'empire que Martial avait repris sur elle qu'elle oublia, jusqu'à sa sortie de l'église, sa promesse de mariage à M. de Cormeilles. Quand ce souvenir lui revint elle tressaillit et s'arrêta court, à peu près comme M. de Briançon s'était arrêté à la pensée d'Aubépine.

— Il est trop tard, dit-elle, je suis maudite, puisque je ne puis être heureuse. M. de Cormeil-

les m'aime et je ne l'aime pas ; mais je lui ai dit
que je serais sa femme, et je ne puis épouser Martial.

Quand Jeanne rentra chez elle, elle se jeta au
cou de sa mère.

— Oh! maman, quel malheur! Martial va venir
te demander ma main ; mais je ne puis pas épouser
Martial puisque je dois épouser le marquis de Cormeilles... et je ne puis épouser le marquis de Cormeilles puisque j'aime Martial...

Par ce mot Jeanne renversait toutes les espérances de sa mère.

Mme d'Armaillac avait été ravie de voir sa fille
se décider à donner sa main à M. de Cormeilles,
un gentilhomme riche et un homme à la mode;
Mme de Tramont avait déjà crié ce mariage par-
dessus les toits comme une victoire de sa jeune
amie : ce serait encore un scandale si Mlle d'Armaillac allait refuser.

XLIV

LES LARMES D'AUBÉPINE

UN matin, Mlle Larochette, surnommée Forte-en-Gueule, rencontrant Mlle Aubépine, lui dit à brûle-corsage :

— Eh bien, ma belle amie, nous voilà drôlement retroussées, il paraît que nos deux amants épousent de la main droite et de la main gauche cette bégueule qui s'appelle Mlle d'Armaillac.

— Nos deux amants ?

Aubépine ne comprenait pas.

— Oui, ma chère, ni plus ni moins. M. le marquis de Cormeilles, comme M. le comte de Briançon. Mais rassure-toi, je vais mettre des bâtons dans les roues de son huit-ressorts à cette demoiselle.

Mlle Forte-en-Gueule continua longtemps sur
ce ton, éclatant en imprécations et en saillies,
tandis qu'Aubépine, frappée au cœur, ne trouvait
plus un mot à dire ; elle savait la passion de Martial pour Jeanne; c'était la seule femme qu'elle
craignît. Déjà elle avait dit à son amant : « Ton
amour pour Mlle d'Armaillac est comme une blessure qui se rouvre toujours. »

Ceci se passait au château de Madrid, où ces
dames aiguisaient leur appétit vers six heures,
avant d'aller dîner au pavillon d'Ermenonville.
Le coup fut si terrible pour Aubépine qu'elle rentra chez elle au lieu d'aller dîner, quoiqu'elle fût
attendue. M. de Briançon lui avait dit qu'il ne
la verrait que vers minuit, mais elle espérait vaguement le rencontrer, soit dans l'avenue des
Champs-Élysées, soit sur le boulevard des Italiens,
où elle ordonna à son cocher de la conduire.

Elle ne le rencontra pas. A sept heures et demie
elle franchit le seuil de son petit hôtel avec la mort
dans l'âme. Il n'était pas venu. Il n'avait pas écrit.
Naturellement elle prit une plume et du papier,
tant sa douleur débordait :

« Mon Martial,

« N'est-ce pas que c'est impossible ! n'est-ce pas

que c'est un mensonge! On me dit que tu te ma-
ries? je n'y crois pas, et pourtant je suis tout en
larmes. Ce serait ma mort, vois-tu : on meurt de
ton amour ; rappelle-toi Marguerite Aumont. Tu
ne peux pas faire cela! N'as-tu donc pas pensé à
moi? Quand tu m'as prise dans les Champs-Élysées, j'étais heureuse sans amour, aujourd'hui sans
toi je serais la plus malheureuse des malheureu-
ses. Tu auras pitié de moi, tu auras pitié de mon
cœur. Et d'ailleurs, l'amour a ses droits. Je puis
dire que je ne *veux pas*, car tu es à moi. T'ima-
gines-tu donc que je te quitterais pour un prince
ou pour un million! Je ne sais pas pourquoi je
t'écris, je suis folle, puisque cette lettre ne te trouvera pas chez toi et que tu viendras à minuit.
C'est que je n'aurai peut-être pas le courage de te
dire tout cela. Et puis, si tu étais là, un seul mot
me désarmerait, tandis que cette lettre te forcera
bien de t'expliquer. Ah! Martial, ne me tue pas!

> « Ton Aubépine,
> « rose hier et blanche aujourd'hui. »

Là-dessus Aubépine alla embrasser ses insépa-
rables.

— Hélas! dit-elle, ce n'est plus *lui* et *moi!* Moi
je suis morte, lui se console avec une autre!

Elle envisagea face à face sa vie sans Martial.
Que ferait-elle? Elle n'était pas en peine de trouver un amant ou deux amants. Il y avait assez de
gens sur le turf qui n'attendaient qu'un signal
pour lui donner beaucoup d'argent.

— Mais c'est là que l'argent ne fait pas le
bonheur! dit-elle. On peut être heureux avec l'argent quand on n'aime pas, mais c'est un supplice
d'être payée par un homme qu'on hait. Et je sens
bien que je haïrais celui qui prendrait la place de
Martial. Plutôt mourir cent fois!

La plupart des femmes disent cela; mais ce
sont des paroles arrachées par le chagrin, dans
l'inconscience des larmes. Presque toutes se relè-
vent de cet abattement par la vengeance, par l'a-
mour de vivre, par les grâces d'état. Mais Aubépine était de bonne foi, elle osait regarder la mort
de près, comme une consolation romanesque.

XLV

LA PAROLE DE DIEU

MADEMOISELLE Fleur-du-Mal, qui s'était montrée si discrète avec Mlle d'Armaillac, qui ne l'avait saluée du regard au bois ou au théâtre que lorsque Jeanne la regardait avec sympathie, vint encore à son secours contre le marquis de Cormeilles. Voici comment :

On sait qu'à Paris les meilleurs maris du lendemain n'abandonnent guère leur manière de vivre avant la cérémonie : ils continuent à suivre le torrent sans rien changer à leurs habitudes. Plus d'une fois le marquis de Cormeilles avait fait un doigt de cour à la dragonne à Mlle Fleur-du-Mal. Elle eut l'art de se mettre sur son chemin. Il fut surpris et charmé de ses œillades. Il n'y résista pas, si bien que, sur une lettre de Fleur-du-Mal, il répondit par un joli billet non signé, mais qui valait bien un billet de banque. Aussi Fleur-du-Mal accourut-elle, en toute joie, chez Mlle d'Armaillac, en lui remettant les pièces du procès.

Quand M. de Cormeilles vint faire ses visites quotidiennes, Jeanne lui fit présenter ces pièces sous enveloppe, par le valet de chambre, en lui faisant dire qu'elle ne pouvait le recevoir.

Le marquis comprit; il revint une heure après, mais il ne fut pas reçu ; il écrivit, mais on ne lui répondit pas. Le tour était joué.

Mlle d'Armaillac avait accepté de lui une bague de fiançailles, elle la lui renvoya, en le priant de la donner à Mlle Fleur-du-Mal, ce qui fut fait à la grande joie des deux femmes.

— Décidément, dit Jeanne, Fleur-du-Mal est ainsi nommée par antiphrase. Je ne l'appellerai plus que Fleur-du-Bien.

Il lui fut donc permis de croire au bonheur. Dès le lendemain, c'était Martial qui faisait la visite quotidienne chez Mme d'Armaillac. On ne perdit pas de temps à la publication des bans.

— Il y a deux siècles que j'attends, disait Martial.

— Et moi, disait Jeanne, il y a bien plus long-temps, car il y a deux ans.

. . . .

Le mariage se fit sans bruit ; c'était au temps des chasses, il n'y avait personne à Paris — du *tout Paris*.

On envoya des lettres de faire part pour annoncer que le mariage avait eu lieu. La bénédiction nuptiale fut donnée à la Trinité, à huit heures du matin. Il n'y avait de présents que les témoins avec Mme d'Armaillac et Mme de Tramont.

Il y avait aussi, dans un coin de l'église, priant de bon cœur, Mlle Fleur-du-Mal.

J'oubliais. Il y avait une femme voilée qui ne priait pas.

Jamais Mlle d'Armaillac n'avait été si profondément religieuse, elle comprenait qu'il fallait que Dieu fût avec elle.

Mais quiconque ici-bas s'approche du bonheur, n'ose plus faire un pas sans lever les yeux au ciel. Martial lui-même, qui raillait toujours, était dominé par la majesté de ce sacrement du mariage, que tant de sceptiques ont bravé, parce qu'ils n'ont jamais été touchés de la grâce.

Aussi M. de Briançon suivait-il des yeux, comme Jeanne, dans le livre d'heures de la mariée, ces versets bibliques :

« Faites que le joug de l'époux soit un joug d'amour et de paix.

« Faites que, chaste, elle se marie en Jésus-Christ. Qu'elle soit douce à son mari, comme Rachel ; qu'elle soit chaste comme Rébecca ; qu'elle soit fidèle comme Sarah ! Faites qu'attachée à son mari, elle ne souille le lit nuptial par aucun commerce illégitime ; faites qu'elle obtienne, dans sa pudeur, une heureuse fécondité ; faites que les épousés voient tous les deux les enfants de leurs enfants jusqu'à la troisième et quatrième génération. »

Jeanne remercia Dieu avec effusion de l'avoir ramenée à la sainteté et à la vérité de la vie. Martial reconnut qu'on n'entre pas impunément dans l'Église : on y retrouve la lumière perdue et la force de bien faire.

Il n'y a pas de stoïcisme antique qui vaille une parole de Jésus-Christ, parce que le sentiment vaut mieux que la raison, parce que ce qu'il y a de meilleur dans l'esprit humain, c'est encore l'esprit divin.

XLVI

LE POIGNARD

ARTIAL et Jeanne ne remarquèrent pas, en allant à la sacristie, la jeune fille voilée, appuyée contre un pilier, qui était là comme au cinquième acte d'un drame. A travers son voile on voyait sa pâleur. Celle-là n'alla pas à la sacristie, car celle-là n'avait pas été invitée à la messe. Vous avez déjà reconnu Aubépine. Elle sortit par une porte latérale et gagna sa voiture qui l'attendait rue de Clichy.

Au moment de monter, ses yeux furent attirés par une boutique de curiosités. Comme toutes les femmes qui refont leur éducation, elle avait pratiqué les styles des ameublements, des porcelaines, des faïences et des argenteries.

18

Était-ce donc pour enrichir son étagère qu'elle entra chez le marchand de curiosités?

— Madame, dit-elle en ouvrant la porte, j'ai une très-jolie collection de stylets du xvi⁰ siècle, n'avez-vous rien de ce temps-là?

On lui montra des poignards, des dagues, des couteaux.

Elle prit tout de suite un poignard florentin d'un fort beau travail.

— Madame, lui dit la marchande, on m'a assuré que ce poignard avait été ciselé par Benvenuto Cellini.

Aubépine qui avait le sentiment de l'art sourit amèrement et murmura : « Tant mieux! » Et elle pensa qu'elle ne voulait pas frapper d'un coup de couteau vulgaire.

Une demi-heure après, Aubépine arrivait au Parc-des-Princes, devant un hôtel où Martial et Mˡˡᵉ d'Armaillac devaient venir à minuit au retour d'une promenade à Saint-Germain.

Mᵐᵉ de Tramont avait marqué tous les plaisirs de la journée heure par heure ; c'était elle qui avait conseillé la nuit des noces au Parc-des-Princes, dans l'hôtel d'une de ses amies, depuis longtemps absente ; elle avait poussé la sollicitude jusqu'à s'occuper de la chambre nuptiale pour s'assurer qu'il ne manquerait rien au bonheur des épousés.

Aubépine ne savait pas bien comment elle pourrait pénétrer dans cet hôtel ; elle avait emporté une poignée d'or, ayant reconnu que de tous les passe-partout, c'était là le meilleur.

En arrivant à l'hôtel elle s'écria :

— Oh ! quel bonheur !

Il y a des bonheurs relatifs. Le bonheur pour elle, en cet instant, c'est qu'elle vit sur la grille :

— *Hôtel à louer.*

Aussi sonna-t-elle avec un sourire.

— Est-ce que vous êtes de la noce ? lui demanda le concierge.

Aubépine faillit ne pas répondre.

— Oui et non, dit-elle enfin : je connais un peu la mariée et beaucoup le marié ; mais ce qui m'amène surtout, c'est que je sais que l'hôtel est à louer et que je veux le louer.

— Douze mille francs, dit le concierge en regardant Aubépine pour savoir s'il fallait se rabattre sur dix mille francs.

— C'est mon prix, dit-elle. Voyons-le.

— Oh ! par exemple, pour aujourd'hui, c'est impossible. Après-demain à la bonne heure.

— Il n'y a pas de fête sans lendemain, pensa

Aubépine. C'est que Martial — et sa femme — veulent passer ici la journée de demain.

— Je sais bien ce qui vous retient, dit-elle, en donnant cinq louis au portier ; vous ne voulez pas qu'on entre dans la chambre nuptiale. Mais nous n'en dirons pas un mot.

Le concierge ne savait encore s'il devait prendre ou refuser les cinq louis.

— Allons, allons, continua Aubépine, si vous ne voulez pas me montrer la chambre nuptiale, vous ne me la montrerez pas.

— Eh bien ! dit le concierge, profitons de ce que la femme de chambre de la mariée n'est pas encore arrivée.

Aubépine jeta un coup d'œil rapide sur le rez-de-chaussée de l'hôtel. Quand on fut au premier étage devant la chambre destinée aux épousés, le portier voulait ne pas ouvrir.

— Allons, allons, dit Aubépine en donnant cinq louis de plus.

— C'est vrai que c'est la plus belle chambre et qu'il faut bien que madame la voie : dans l'intérêt du propriétaire je vais ouvrir.

C'était une chambre à coucher tendue de damas bleu, avec un lit à deux faces sur une estrade ; en face du lit la cheminée avec une grande glace de

Venise; de chaque côté du lit, une fenêtre, derrière le lit deux cabinets de toilette sous portières.

Aubépine pensa qu'il lui serait très-facile de se cacher dans un des cabinets de toilette, car elle avait son dessein bien arrêté.

— Monsieur, dit-elle au concierge, plus je vois cet hôtel, plus je suis décidée à y finir mes jours ; tout me plaît ici, la cour, l'hôtel et le jardin.

Et avec un soupir :

— Cette chambre à coucher est délicieuse avec ces tentures bleu de ciel. Comme on doit être heureux de dormir ici !

Aubépine remonta en voiture en demandant au concierge à quelle heure devait venir la femme de chambre de la mariée.

— Ce soir seulement, après dîner, peut-être pas bien longtemps avant sa maîtresse, car elle m'a dit que tout était en ordre pour cette première « réunion. »

Quand Aubépine fut de retour dans son petit hôtel, elle se mit sérieusement à son testament. Elle n'avait pas une fortune à léguer, mais elle avait beaucoup de riens charmants qui feraient la joie de ceux à qui elle aurait pensé. Elle n'oublia ni Martial ni Jeanne. Elle donna à la mariée un livre d'heures avec la lettre A en relief sous

une couronne de comte. Aubépine, Armaillac
n'était-ce pas la même lettre? Elle donna à Martial
son portrait à peine ébauché par Madrazzo, un
vrai coup de soleil. Aucune de ses amies ne fut
oubliée, non plus que sa femme de chambre.

Quand elle eut signé, elle feuilleta des lettres
dans un coffret d'ébène où elle les couchait avec
amour. C'étaient des lettres de Martial; mais sous
ces lettres, il y en avait encore une de Mlle d'Armaillac.

— Ah! s'écria-t-elle, comme elle l'aimait aussi
dans ce temps-là! Mais je suis sûre qu'elle ne
l'aime plus comme je l'aime!

Elle réfléchit que cette lettre de Jeanne témoi-
gnait contre elle.

— Hélas! dit-elle, elle témoigne surtout contre
moi. Je n'ai fait qu'une mauvaise action dans ma
vie, ç'a été de prendre à Martial les lettres de
Mlle d'Armaillac.

Elle mit la dernière lettre sous enveloppe à l'a-
dresse de sa rivale.

Après avoir remué ces souvenirs, Aubépine
ouvrit un petit cahier où M. de Briançon avait
écrit entre deux bouffées de cigare quelques pages
de sa vie. Ce n'est pas la première fois qu'elle lisait
ces fragments. Elle relut encore ces deux alinéas :

« Hier, c'est à peine si je puis le croire, une jeune fille du monde, du meilleur monde, est venue se jeter dans mes bras avec abondance de cœur, se donnant à moi corps et âme, comme si j'étais digne d'elle. Je suis effrayé de cette bonne fortune ; qu'en arrivera-t-il ?

. . . .

« J'avais bien prévu que Mlle XXX apporterait le drame dans ma vie. La pauvre fille ! Avant-hier, comme je rentrais avec Marguerite Aumont, je l'ai trouvée couchée sur mon lit, empoisonnée et frappée d'un coup de poignard. Je me demande encore si ç'a été un rêve. Oh ! les caprices du cœur humain ! Oh ! les mystères de l'amour ! Je ne l'ai-mais pas avant cette tragédie, maintenant je vou-drais mourir pour elle. Ah ! comme elle était belle et touchante dans sa pâleur de marbre ! La mort a une rude puissance sur l'amour. Une révolution s'est faite en moi, je n'aime plus Marguerite Au-mont, j'aime Mlle XXX. »

Aubépine avait relu deux fois ces lignes.

— Oui, oui, quand je serai morte, il m'aimera, murmura-t-elle. Et s'il ne m'aime pas, il ne pourra pas m'oublier.

Elle appela sa femme de chambre.

— Hortense, vous irez chez ma lingère ; vous

lui direz de venir m'habiller à huit heures et non
à dix heures comme c'était convenu.

— Est-ce que madame sort ce soir?

— Oui, vous viendrez peut-être avec moi.

— Où madame ira-t-elle?

— Vous le verrez bien.

Aubépine, qui s'était levée, s'approcha d'un
portrait de Martial qui le représentait bien dans
son éternelle raillerie.

— Hélas! dit-elle, quand je pense que j'ai cru
au lendemain avec cet homme-là!

XLVII

LE LIT NUPTIAL

OMME l'avait décidé Mme de Tramont, dès que la mariée sortit de l'église, elle alla revêtir un costume de voyage et partit avec M. de Briançon pour Saint-Germain. Et ce fut un voyage charmant. C'était la première fois que Mlle d'Armaillac sentait Martial tout à fait à elle ; aussi son front rayonnait. Ce rêve, si souvent recommencé, s'achevait donc enfin dans la réalité ! C'était le bonheur, puisque le bonheur n'existe qu'à deux. Elle était bien à lui, il était bien à elle. Toutes les douleurs du passé s'étaient adoucies jusqu'à devenir savoureuses ; car les jours de joie, les souvenirs les plus tristes, répandent un charme ineffable. Plus d'une fois on se disait dans le wagon : « Te souviens-tu ? » Et on s'embrassait des yeux. Et on

revivait de tous les sentiments passés en parlant
de l'avenir.

— Que de temps perdu! disait Martial.

— Que de temps perdu! disait Jeanne.

Desgrieux, qui avait promis le mariage à Ma-
non, enseignait combien il était doux de frauder
les droits de l'Église; Martial n'avait plus à frauder les droits de l'Église, mais il trouva tout aussi
doux de surprendre des baisers permis sous les
trois tunnels qu'on rencontre de Paris à Saint-
Germain. Je crois même qu'au troisième ce fut
Jeanne qui appela le baiser.

Elle connaissait, hélas! toute la saveur des joies
défendues; quoique cette fois elle fût bien mariée
par-devant les hommes et par-devant Dieu, il lui
semblait voler encore son bonheur.

A Saint-Germain, Martial demanda à dîner
pour sept heures. Il avait télégraphié pour avoir
le landau d'un de ses amis, qui était en villégia-
ture sur la montagne ; il partit donc pour la forêt,
pour se trouver en pleine solitude.

Dès qu'on fut sous l'arbre de saint Louis, —
qui a des arbres partout — on se promena à pied.
L'amour n'aime pas les témoins. On s'enfonça
dans les plus sombres avenues, comme pour se
cacher du ciel lui-même. Sans doute on s'em-

brassa encore. Il faut bien mettre des points d'admiration à la causerie.

Si la promenade fut très-sentimentale, le dîner
fut très-gai. Quand une mariée se trouve en face
de son mari, le jour des noces, elle est quelque
peu emmitouflée dans son innocence. Elle a des
airs de rosière qui ont bien leur charme, mais qui
ne sont pas engageants. A chaque mot la conversation est suspendue; on pense au dénoûment de
la journée avec un sentiment plus familial qu'a-
moureux. Mais ici on n'en était pas là. La glace
était brisée; on avait franchi le Rubicon; si on
était revenu en deçà, on n'était pas inquiet pour
le franchir encore. On s'abandonnait donc au
plaisir d'être ensemble sans aucune inquiétude
pour le soir ni pour le lendemain. Il ne devait
pas y avoir d'imprévu.

Ce fut vers onze heures et demie qu'on alla au
Parc des Princes, sans prendre le chemin de fer,
avec les chevaux qui avaient déjà promené les
épousés dans la forêt. Ce retour de Saint-Germain
fut charmant au clair de la lune, sous les millions
d'étoiles allumées.

— Voilà le vrai feu d'artifice, dit Jeanne.

— Oui, ajouta Martial, il n'en faut pas d'autre
pour la nuit des noces.

Jeanne trouva le portier sous les armes, mais la femme de chambre était profondément endormie dans le petit salon. Elle fut si difficile à réveiller que Mlle d'Armaillac fut quelque peu surprise de ce sommeil inaccoutumé, car ce n'était pas une dormeuse.

— Après tout, dit Martial, nous n'avons que faire d'elle, je vous déshabillerai moi-même.

Jeanne faillit dire : « Ce ne serait pas la première fois. »

Mais le sacrement du mariage l'avait ramenée à sa pudeur primitive.

— Non, dit-elle, vous ne me déshabillerez pas, monsieur mon mari ; j'exige même que vous ne veniez dans ma chambre que quand je sonnerai.

Martial était décidé à toujours obéir.

— Soyez sûre, ma belle Jeanne, que je dirai toujours : Que votre volonté soit faite! Je veux que ma volonté se brise contre la vôtre... même quand je t'aimerai trop...

Martial avait embrassé Jeanne qui s'était avancée seule vers la chambre à coucher.

Pour lui, il redescendit sur le perron pour tuer le temps avec un cigare.

Il se passa tout un quart d'heure sans que Jeanne l'appelât. Il attendit cinq minutes encore et remonta à pas de loup pour écouter à la porte : il n'entendit rien. Sans doute les pas de Mlle d'Armaillac étaient étouffés par le tapis de Perse de la chambre à coucher ? d'ailleurs elle était peut-être encore dans le cabinet de toilette ?

Il frappa trois coups, comme un homme impatient. On ne répondit pas. Il alla frapper encore plus loin au mur correspondant au cabinet de toilette. On ne répondit pas. Il se décida à entrer.

Le premier spectacle qui le frappa, ce fut une femme couchée sur le lit, vêtue en robe de mariée et portant sur ses cheveux épars une couronne de fleurs d'oranger.

. . . .

Sa première pensée fut que Mlle d'Armaillac, toujours romanesque, avait voulu lui donner ce spectacle.

La chambre était fort peu éclairée par deux bougies roses qui brûlaient sur la cheminée.

Martial fit un pas. Cette fois, il fut épouvanté et poussa un cri.

La femme couchée avait du sang à son corsage.

. . . .

Oh! mon Dieu! pensa Martial, en portant la main sur ses yeux et ne se sentant pas la force d'avancer, tout ce bonheur promis n'était qu'un

19

rêve ! Ce mariage, pour elle, n'était qu'une répa-
ration. Une seconde fois elle a voulu mourir ; —
mourir de sa faute ! — elle s'est punie elle-même
dans son bonheur !

Martial n'aurait pas eu le temps de se dire ceci.
J'essaye d'exprimer la pensée rapide qui traversa
son esprit. Il s'était arrêté à peine une seconde
dans son épouvante ; il se précipita vers le lit,
mais il trébucha contre une femme évanouie que
lui avait masquée le rideau.

C'était à perdre la tête.

Il était tombé agenouillé à côté de la femme
évanouie.

Il reconnut alors Mlle d'Armaillac !

— Jeanne, cria-t-il ! Jeanne ! dites-moi que vous
n'êtes pas morte ! Jeanne, reviens à toi !

— Non, mon ami, dit Jeanne doucement, — car
elle reprenait connaissance, — non, mon ami, je
ne suis pas morte, mais c'est bien pis !

Martial, soulevant sa femme dans ses bras, ne
douta pas que celle qui était sur le lit ne fût Aubépine ! « La pauvre enfant, pensa-t-il, je ne la
croyais pas si folle ! »

Quand il fut debout, il prit Aubépine dans ses
bras, comme s'il espérait qu'elle-même ne fût pas
morte.

Mais celle-là ne s'était pas manquée, elle avait frappé juste.

— C'est impossible, dit-il.

— Oui, c'est impossible, dit Mlle d'Armaillac. Je crois que je suis folle et je me demande si ce n'est pas moi qui suis là, morte d'un coup de poignard.

Les mariés se regardèrent comme pour se demander si le bonheur était encore possible après une pareille nuit de noces !

Martial avait sonné, sans bien savoir pourquoi, puisqu'on ne pouvait plus secourir Aubépine et puisqu'il ne voulait pas appeler la curiosité sur cet horrible mystère. Cette fois la femme de chambre vint, à peu près réveillée, se croyant appelée par sa maîtresse. Dès qu'elle ouvrit la porte, Martial lui dit :

— Cette femme que je trouve morte sur ce lit, quand est-elle venue ?

— Je ne sais pas, dit la femme de chambre. Je me suis endormie bien malgré moi dès que je suis arrivée ici. Je comprends maintenant pourquoi on m'a forcée de dîner à Boulogne.

— Et qui donc vous a forcée de dîner à Boulogne?

— Une femme de chambre de mes amies, qui

voulait me distraire jusqu'à votre arrivée et qui m'a fait boire du vin de Champagne.

— Pauvre Aubépine, dit encore Martial, elle a bien joué sa vengeance !

.   .   .   .

Il regardait, tout en cachant à Jeanne la désolation de son cœur, cette adorable figure blanchie par la mort.

Et tout en serrant la main d'Aubépine, il serra la main de Jeanne, en lui disant :

— Nous partirons pour l'Italie. Nouveau pays, nouvelle vie ! Il faut que ce tableau s'efface de nos yeux.

— Je n'oublierai pas, dit tristement Jeanne.

Elle était presque aussi blanche que la morte. Elle regardait Aubépine avec terreur. Tout d'un coup elle éclata en sanglots et l'embrassa tout en larmes avec un cri du cœur, comme si elle se fût retrouvée elle-même.

.   .   .   .

— Oh! mon Dieu! mon Dieu! dit Martial avec désespoir, j'ai cherché le bonheur et je n'ai recueilli que du sang et des larmes.

Et, se retournant vers Jeanne :

— Pourquoi n'ai-je pas commencé par où je finis !

Et comme en toute chose, même dans ses heures les plus tristes, il trouvait le mot philosophique, il dit : *Être ou n'être pas aimé !* comme Hamlet avait dit : *Être ou n'être pas !*

Aujourd'hui don Juan est aimé, Roméo ne l'est plus guère. Aimer et n'être pas aimé, ce n'est pas vivre. Aimer et être aimé, c'est vivre deux fois, — dans toutes les joies et toutes les angoisses de la passion.

Martial avait vécu deux fois.

FIN.

TABLE

I.   Profil et trois quarts..   1

II.   Une valse infernale.   10

III.   Comment on souffle sur le feu..   23

IV.   Portrait d'un amoureux et d'une amou-

       reuse.   33

V.   Les amorces du péché.   38

VI.   Le duo à table.   42

VII.   Le déjeuner de Marguerite..   58

VIII. Pourquoi Jeanne pleurait-elle au coin du

       feu de Martial.   74

IX.   Les drames du cœur..   77

X.   Ainsi va le monde..   83

XI.   L'amour de l'abîme.   91

XII.   Les heures de folie amoureuse..   100

XIII. Où l'on voit danser Mlle d'Armaillac. . . .   105

XIV. Dieu et Satan.   109

XV.   Le va-et-vient du cœur.   114

XVI. Du danger d'écrire des lettres.   121

XVII. La veille du mariage.   129

XVIII. Et pourtant elle était belle.   135

XIX.	Le lit nuptial..	139
XX.	Les deux soupers..	143
XXI.	Le poignard.	148
XXII.	Le réveil d'une mère.	151
XXIII.	La résurrection..	160
XXIV.	Les deux maîtresses..	170
XXV.	De la pluralité des femmes.	178
XXVI.	Il l'aime, un peu, beaucoup..	185
XXVII.	Les inséparables	194
XXVIII.	Les deux vengeances.	198
XXIX.	Le musée des tentations.	202
XXX.	Le collier de perles	213
XXXI.	Le miroir aux alouettes.	218
XXXII.	Histoire d'une innocence	220
XXXIII.	Mademoiselle Aubépine.	227
XXXIV.	Un hymne à la vertu.	231
XXXV.	La tristesse des don Juan..	236
XXXVI.	Le spectacle de la scène et celui de l'a-vant-scène.	244
XXXVII.	Jeanne et Aubépine..	249
XXXVIII.	Comment se joue une destinée. . . .	253
XXXIX.	La statue brisée..	264
XL.	Un enlèvement..	269
XLI.	Pourquoi Mlle d'Armaillac alla à Venise.	276
XLII.	Causeries perdues.	284
XLIII.	Les masques et les cœurs..	291
XLIV.	Les larmes d'Aubépine.	305
XLV.	La parole de Dieu.	307
XLVI.	Le poignard.	313
XLVII.	Le lit nuptial.	321

IMPRIMERIE D. BARDIN, A SAINT-GERMAIN